www.ingramcontent.com/pod-product-compliance
Lightning Source LLC
Chambersburg PA
CBHW061222210726
48294CB00006B/1946

به نام خداوند جان و خرد   کزین برتر اندیشه برنگذرد

کوپه شماره پنج

ثریا سجده‌ای

تقدیم به پسرهای عزیزم امیربهادر و امیرپاکان

سریال کتاب: P ۲٤٤٦١٩۰۲۳٤

عنوان: کوپه شماره پنج

نویسنده: ثریا سجده‌ای

با مقدمه‌ای از: پرفسور حسن امین

ویراستار: ناهید اعظم آراسته

طراح جلد: امیر بهادر فلاحتی

صفحه آرایی: اکرم ملک نژاد

ویراستاری ۲: مهری اسکویی

شابک: ISBN: ۷-۹۰-۹۹۰۷٦۰-۱-۹۷۸

موضوع: داستانی

مشخصات کتاب: سایز رقعی، کتاب جلد مقوایی

تعداد صفحات: ۱۰۴

تاریخ نشر در کانادا: آگوست ۲۰۲۴

انتشارات در کانادا: انتشارات بین المللی کیدزوکادو

Kidsocado Publishing House

خانه انتشارات کیدزوکادو

ونکوور، کانادا

تلفن: ۷۲٤۸ ۳۳۳ (۲۳٦) ۱ +

واتس آپ: ۷۲٤۸ ۳۳۳ (۲۳٦) ۱ +

ایمیل: INFO@KIDSOCADO.COM

وبسایت انتشارات: HTTPS://KIDSOCADO.COM

مقدمه ای بر کوپه شماره پنج

پروفسور حسن امین: فیلسوف، حقوق‌دان و ایران‌شناس

داستان‌نویسی همچنان که شعر، به عنوان « ادبیات آفرینشی » یکی از هنرهای هفتگانه در کنار موسیقی، نقاشی، مجسمه سازی، معماری و تئاتر و سینما است و عنصر اصلی آن تخیل و رؤیاپردازی و خیال انگیزی است.

« کوپه شماره پنج » نوشته نویسنده خوب معاصر ایرانی ثریا سجده‌ای است که قبلاً هم رمان « ماماجی » او منتشر و با استقبال خوانندگان روبه رو شده است. سجده‌ای در «کوپه پنج» با چهره‌سازی و منظره‌سازی، کمبودها، درگیری‌ها، تضادها، اجبارها و زورگویی‌ها، تبعیض‌ها و محدودیت‌های جوانان و بویژه زنان ایران را در متن قصه انعکاس می‌دهد.

ماجرا از دیدار غیر مترقبه، زن مسافر با مردی جوان با دو بچه کوچک در کوپه پنج قطار بین‌شهری شروع می‌شود. دختر سر آب آوردن از «آب خانه» در روستا عاشق پسری شده است و در عالم جوانی این دو بی آن که حتی نام هم را بدانند، همدیگر را دوست داشته‌اند.

پسر، پدری زورگو و قمارباز دارد که دارای دو همسر است. پسر ظاهراً از همسر اول است اما احیاناً محصول ارتباط همسر اول با یک مرد خارجی است و به

همین دلیل پسر خودش و مادرش رابطه عاطفی خوبی با سرپرست خانواده ندارند.

پسر بیچاره مجبور می‌شود به دلیل بدهی پدرش به مردی که دختر ترشیده شیرین عقلش در خانه مانده است، به اصرار پدر با آن دختر ناخواسته ازدواج کند.

دختر عاشق که مراسم عقدکنان معشوق خود را با دختر طلبکار می‌بیند، از مجلس بیرون می‌زند و شاهد ضرب و شتم مادر داماد می‌شود که به این ازدواج رضایت نمی‌دهد.

اکنون سال‌ها پس از آن عشق پاک، دختر که حالا زنی کامل شده به تنهایی زندگی می‌کند.

شعر فردوسی و قهرمان‌های شاهنامه را چاشنی سخن خود می‌کند.

شیوه گزارش و روایت داستان، سوم شخص مفرد است و ثریا سجده‌ای از بیرون به صحنه داستان می‌نگرد و احساسات و تفکرات، اندیشه‌ها، پندار، گفتار و کردار و حرکات و سکنات قهرمان‌های داستان را به عنوان یک ناظر بیرونی بی‌طرف بیان می‌کند و می‌تواند خواننده را با خود از آغاز تا انجام داستان با خود همدل و همراه نگاه دارد.

ما به برابری زن و مرد باور داریم. داستان‌نویس هم ممکن است مرد یا زن باشد، پس سخنی از تبعیض در میان نیست. اما باید گفت که داستان‌نویسی در ایران با ظهور جمال‌زاده، هدایت و پیشکسوتان دیگر این عرصه نخست در انحصار مردان بود. لذا گفتنی و قابل‌توجه است که در ایران امروز بر تعداد زنان داستان‌نویس به طور فزاینده‌ای افزوده می‌شود و این پدیده از جهت اجتماعی

نقش فزاینده زنان در فرهنگ‌سازی حائز اهمیت است. در ایران یکی از اولین داستان‌های چشمگیر نوشته یک زن داستان نویس، سووشون در ۳۲ بخش در ۶۰۳ صفحه به قلم سیمین دانشور بود که اول بار در ۱۳۴۷ از سوی انتشارات خوارزمی چاپ شد و به شوهر تازه از دسترفته اش جلال‌آل‌احمد تقدیم شده بود. جالب است که داستان سووشون هم با گزارش یک مجلس عقدکنان در شیراز شروع می‌شود و این مشابهتی خوشایند بین کوپه پنج با سووشون است. شاید بد نباشد که بعدها منتقدی حواشی این دو عقدکنان را باهم مقایسه کند. دیگر داستان‌نویسان زن نامدار ایران، عبارتند از: گلی ترقی، غزاله علیزاده، منیرو روانی‌پور و البته مترجمان داستان‌های خارجی مانند مریم بیات، فریده مهدوی دامغانی، مینو مشیری، لیلی گلستان و دیگران که این ترجمه ها هم به نوبت خود، .خوانندگان را به مطالعه آثار داستان نویسان زن و مترجمان زن تشویق کرده است.

من به داستان نویسی علاقمندم و در جوانی در این کار از نویسنده و منتقد چپگرا فریدون آموزگار که همسایه ما در خیابان بهار تهرانپارس بود، کمک فکری می‌گرفتم، داستان روضه‌خوانی در خانه‌های نوساز، نمونه‌ای از سیاه مشق‌های من در ادبیات داستانی است. اکنون هم داستان‌های فارسی و انگلیسی را با شوق وافری می‌خوانم.

همین کتاب کوپه پنج شماره پنج را هم قبل از نوشتن این مقدمه، تمامش را از اول تا آخر خواندم و کتمان نمی‌کنم که از خواندن آن و تعقیب پالت‌های تو در توی آن لذت بردم و نسبت به نتایج آن کنجکاو می‌شدم. این که ثریا سجده‌ای توانسته است خواننده نه چندان آسانگیری همچون مرا به دنبال خود در دنبال کردن داستان بکشاند، نشانه موفقیت نویسنده در خلق یک اثر هنری است.

مهم تر این که مهربانو ثریا سجده‌ای نه تنها داستان‌نویس خالقی است، بلکه انسان بسیار خوبی است و من به نوبت ناقابل خود، انتشار این جدیدترین اثر مکتوب او را نوید بخش و دلگرم کننده داوری می‌کنم و چاپ آن را به نویسنده خوب و تیزبین و نیز ناشر ارجمند و دست آخر شما خوانندگان فرهیخته شادباش می‌گویم و امیدوارم جامعه ادبی و فرهنگی همه وقت با تولید بیشتر و بهتر اینگونه آثار آفرینشی جریان و غلیان فرهنگ و هنر گویشوران فارسی زبان را ادامه دهند که به قول شاعر: گمان خبر که به پایان رسید کار مغان هزار باده ناخورده در رگ تاک است سیدحسن امین

گالسکو، اسفند ۲۴۰۲

ایستگاه راه‌آهن، بلندگوی سالن، به مسافرین برای سریع‌تر سوارشدن هشدار می‌داد. ماریا به هر سختی که بود؛ خودش رو به پای پله‌ی قطار رساند. جهت اطمینان، از تو کیف‌دستیش بلیطش رو بیرون آورد. با خواندن شماره کوپه، سوار قطار شد. تو راهروی قطار، شروع به خواندن شماره‌ی کوپه‌ها کرد؛ یک، دو، سه، بعد چهار. درسته، همینه، کوپه شماره‌ی پنج. نزدیک‌تر شد. نگاهی به داخل کرد.

ماریا:

- ولی من کوپه‌ی دربست گرفته بودم؛ یعنی چی این مرد جوان با این دو تا بچه؟

با ملاحظه این صحنه، در همان یک‌وجب جا می‌چرخد؛ شماره کوپه را دوباره نگاه می‌کند. شماره که درسته. صدای مسافران که می‌خواستن از کنار او رد شوند؛ چمدانش مزاحم رفت‌وآمد آنان شده بود؛ توجهی نمی‌کرد. به‌خاطر همین، مورد تمسخر بعضی از آن‌ها هم قرار می‌گیرد:

- انگار داره می‌ره سفر قندهار با اون چمدان گنده‌اش.

می‌خندیدند و حرف‌ها و متلک‌های دیگه، اما ماریا سخت درگیر کوپه بود.

در همین موقع در باز شد. مرد جوانی با چهره‌ی گندمگون، با مو و ریش بور و قدی بلند، درحالی‌که کودکی در آغوشش بود؛ سلام کرد.

- ببخشید مشکلی پیش‌آمده؟

ماریا از تصور این صحنه‌ی پیش رویش، هیجان گنگی احساس می‌کند. هیجانی که صورت سردش را داغ می‌کند. خواست جواب بدهد که متصدّی قطار رسید.

- ببخشید خانم! می‌شه این چمدان را از وسط راهروی قطار بردارید؟

ماریا تازه متوجه دردسر چمدانش در راهروی قطار می‌شود.

مرد جوان:

- اجازه بدهید کمکتان کنم.

ماریا انگار نمی‌شنید؛ حرفش را ادامه می‌داد:

- وای خدایا! شماها کجا بودید. من کوپه دربست گرفته بودم؛ کوپه شماره پنج.

مرد جوان با لحنی متعجّب:

- راست می‌گویید؟ واقعاً همین طوره!؟

ماریا بلیطش را نشانش می‌دهد:

- بله، متأسفانه بله!

- ولی به من چیزی نگفتن. باور کنید.

- به شما هم چیزی نگفتن؟ عجیبه! خودسرانه این تصمیم را گرفتن.

برگشت رو به متصدی که در حال گوش دادن به حرف‌های آن‌ها بود:

- می‌شه بپرسم جریان چیه؟ این‌طور که می‌بینم؛ کوپه دربست نیست شاید.

متصدی: البته باید توضیح بدهم. رئیس قطار تو رودربایستی خاصی قرار گرفته بود. نمی‌دانست چیکار کند. یک مرد با دو بچه را باید کجا جا بدهد. لیست مسافران را خواند؛ به اسم شما رسید. اول تعجب کرد! چرا دربست؟! وقتی فهمید شما یک نفر هستید و کوپه در اختیار شماست؛ جسارتا کوپه را در اختیار ایشون هم گذاشت. همین!

- همین؟ نمی‌فهمم اگر من هم کوپه را دربست نگرفته بودم؛ می‌خواست چیکار بکنه؟ الان هم همون کار را بکنه. حالا من با این چمدان و خستگی چیکار کنم؟ چطوره کوپه خود رئیس قطار را بردارم. اونم باید خالی باشه. درسته؟ اصلاً باید برم شکایت کنم؛ اما به چه کسی؟

مرد جوان: شما بفرمایید داخل استراحت کنید؛ بعد هرچی خواستی؛ یعنی هر کاری خواستید بکنید. بفرمایید.

ماریا از خستگی و مزاحمت چمدانش در راهروی قطار که مانع رفت‌وآمد مسافران شده بود؛ قبول می‌کند.

مرد جوان: من «روبین» هستم.

- منم «ماریا».

- ماریا! چه اسم زیبایی!

خم شد. چمدان را به‌سختی به داخل کوپه برد.

- وای چقدر سنگینه. نکنه سنگه.

ماریا هول شد.

- نه، نه، لوازمی که احتیاج دارم داخلش است. برای همین سنگین شده.

توی کوپه، بچه‌ها مشغول بازی و سروصدا بودند. با دیدن ماریا، دست از بازی کشیدند و ایستادند و به او نگاه کردند.

ماریا با تعجب گفت: وای خدای من! چه بچه‌های نازی!

می‌خواست سؤال کند: «پس مادر این بچه‌ها کجاست؟» جلوی خودش را گرفت. فکر کرد؛ سؤال بیهوده‌ای است. خب با پدرشان سفر می‌کنند. کمی خنده‌اش گرفت و کمی هم دل‌تنگ شد. خنده‌اش گرفت که درگیر چه مسائلی است؛ کنجکاو مسئله‌ای دگر، دل‌تنگ شد از دیدن بچه‌ها.

روبین همان‌طور که چمدان را جابه‌جا می‌کرد؛ رو به بچه‌ها کرد و گفت:

- شلوغ نکنید برید کنار، خانم بشینه استراحت کنه.

متصدی با دیدن این صحنه خیالش جمع شد. دید فعلاً مشکلی نیست. به‌طرف انتهای راهروی قطار رفت.

قطار حرکت کرد. متصدی قطار برای دیدن بلیط‌ها و سرشماری مسافران آمد.

ماریا همچنان عصبی، بلیطش رو از داخل کیفش بیرون آورد و گفت:

- بفرمایید؛ اما شما وظیفه داشتید؛ از تصمیمتون راجع‌به کوپه‌ای که من دربست گرفته بودم؛ من رو باخبر می‌کردید. شاید سفرم رو عقب می‌انداختم. غیر از اینه؟ خسارت این کار شما؟...

متصدی: خسارت شما پرداخت می‌شود؛ البته که حق با شماست. من زودتر آمده بودم؛ به شما بگویم.

- نوش‌دارو پس از مرگ سهراب.

- بازم حق با شماست. من کاره‌ای نبودم. باور کنید.

و از کوپه بیرون می‌رود.

کمی بعد روبین رو به ماریا کرد و گفت:

- ببخشید؛ می‌توانم پرده جلوی در ورودی را بکشم؟ چطوری شما راحت‌ترین؟

متوجه شد ماریا، همان‌طور که سرش روی چمدانش بود؛ خوابش برده.

- چه راحت خوابیده. معلومه خیلی خسته است. اونم با این چمدان به این سنگینی، با این سن.

ماریا از خواب بیدار شد. متوجه شد؛ سرش روی دسته صندلی قطار است. تعجب کرد. وحشت‌زده بلند شد.

- ای وای! چمدانم، چمدانم.

روبین به‌سختی بیدار شد.

- چی شده؟

- هیچی. چمدانم نیست. وسیله سبکی یا کوچیکی نبود. چطوری؟

- نیست؟ مگر می‌شه؟

- حالا که شده. نیست. سوت قطار را بکش. متصدی را صدا کن. یک کاری کنیم.

روبین: الان یک‌چیزایی یادم می‌آد. آره.

- چی چی؟ یادتان می‌آد. راجع‌به نیست شدن چمدانه؛ آره؟

- شما که خوابیدید؛ منم بچه‌ها را خواباندم؛ ولی بوی بدی پیچید و دود خاکستری‌رنگ از زیر در کوپه به داخل آمد. منم نفهمیدم.

- یعنی ما را خواباندند؛ چمدانم را دزدیدند؟ به‌همین‌راحتی. وای! آخه کی می‌تونه باشه؟

خواست بره بیرون که متصدی وارد کوپه شد؛ خیلی خون‌سرد.

- چیزی شده؟

- چیزی؟ چمدونم نیست. چمدان به آن سنگینی. خودتون دیدید با چه سختی اینجا توی قطار آوردم. دیدید.

- چی نیست؟ مگه میشه؟

- بله. ای بابا! الان براتون توضیح دادم. گوش نکردید خب. آره از سؤال کردنتان معلومه.

- برم به رئیس قطار اطلاع بدم؛ هرچند که سخت بیماره.

- چه بیماری؟ بیهوش که نیست؟

- سرماخورده. بستریه.

- خب باشه؛ ما که نمی‌خواهیم کاری کنیم. فقط ببینمشان، دزد الآن تو همین قطار لعنتیه. این رو می‌دونم.

- باشه. پس همراه من بیایید.

ماریا سخت عصبی بود. ظرف آبش را برداشته، همراه متصدی به اتاق رئیس می‌روند. رئیس قطار، مردی با موهای در هم نامنظم، درحالی‌که روی کاناپه‌ای خوابیده بود؛ در کنارش هم دارو، کاسه روحی پر از آبی که قابل‌خوردن بود. پتویی هم رویش انداخته بود. با دیدن ماریا از جا بلند شد؛ درحالی‌که چپ‌چپ به متصدی نگاه می‌کرد.

- سلام خانم شبتان بخیر. اینجا؟ مشکلی پیش آمده براتون؟

- درود به شما. البته باید گفت چه شب دل‌انگیزی! چه قطار امنی! آقای رئیس! چمدون من رو دزدیدن.

- دزد!؟

رو به متصدی کرد و گفت:

دزد در این قطار و ما بی‌خبر؟ حالا چی بردند؟

- گفتم که چمدونم را. خنده‌داره. نمی‌فهمم چرا وقتی اسم دزدیدن چمدونم می‌آد؛ نمی‌شنوید.

- اون که سنگینه؛ یعنی باید سنگین باشه.

- آقای رئیس، کوپه من رو به دیگری دادید؛ حالا هم چمدانم رو! هنوز اول حرکت است. معلوم نیست بازم برای من برای چه تصمیمی می‌گیرید. در ضمن، هم‌کوپه‌ای من می‌گفت؛ داشته می‌خوابیده که بوی بدی ...

- رئیس خب بچه در آن کوپه است.

- اجازه بدین. گفتم بوی ادرار بچه؟ یک دود خاکستری از زیر در وارد شده.

- شاید کسی سیگار می‌کشیده.

- آقای محترم! مگه من با شما شوخی دارم؟ اصلاً قطار را نگه دارید تا کوپه‌ها را بگردیم؛ نه؟ مأمور این قطار کیه؟

رئیس قطار:

- چرا شلوغ می‌کنید؟ الان رسیدگی می‌کنم.

رو به متصدی کرد و گفت:

خانم را پیش مأمور انتظامات قطار ببر. هر دستوری که داد؛ اجرا کنید. هر دستوری.

متصدی، ماریا را پیش مأمور قطار برد. داستان را گفتند. مأمور گفت:

- ای بابا! که این‌طور. اول راه و خبر دزدی باشه. اولین ایستگاه که رسیدیم؛ چشم. پیگیری می‌کنیم؛ شما نگران نباشید.

ماریا از شدت عصبانیت، داشت خفه می‌شد. انگار موضوع را سرسری گرفتن. رو به مأمور کرد:

- اول و آخر نداره. دزدی شده؛ اونم از کوپه من. ببینید این چمدان حکم زنده بودن مرا دارد.

- خب مگه چی توش است؟

- هرچی، فعلا که دزدیده شده.

- بله! اولویت، پیدا کردن آن و گرفتن دزد در قطار است.

- امیدوارم؛ ولی اولویت پیدا کردن دزده، بعد چمدان.

- پیدایش می‌کنیم؛ چرا این‌قدر سروصدا می‌کنید؟

- چه سروصدایی؟ دزد فرصت فرار پیدا می‌کنه. چه بی‌خیال نظر می‌دهید!

- بی‌خیال؟ نه خانم محترم؛ تجربه کاری.

- تجربه کاری شما اینه؟ اصلاً چرا در قطار هستید؟ ایستگاه به ایستگاه، مأمورای پاسگاه می‌آیند؛ می‌بینند کی دزده؛ کی چیکار کرده.

- خانم! خانم محترم! دارید چی می‌گید؟ شما سواد این کار را ندارید.

- سواد؟ خندیدم. بی‌سواد هم نمی‌خواد کار غلط روی سواد نمی‌چرخه.

- رو چی می‌چرخه؟

- روی شواهد امر.

- خیلی‌خب. شما بروید لطفا. من خودم به‌عنوان مأمور، گزارش می‌دم. فعلا که تمام درهای قطار قفل است.

- آقای مأمور! همراه من بیایید به کوپه‌ها سر بزنیم. این کار رو که دیگه می‌تونی انجام بدی یا نه؟

- نه.

- نه؟

- بله، نه. چون قطار جَوّش به هم می‌خوره. مسافرا وحشت می‌کنند.

- وحشتی نداره. باید بدونند که دزدی در میانشان هست؛ بیشتر دقت کنند. اصلاً خودم اقدام می‌کنم.

- کجا خانم؟ خودسرانه عمل می‌کنید؟ گفتم، اجازه بدهید پیداش می‌کنیم.

- مثل اینکه متوجه نشدید. برام اون چمدون خیلی مهمه. چطوری بگم؟

- منم نگفتم مهم نیست؛ خودم حلش می‌کنم. به من اعتماد کنید تا ایستگاه هم چیزی نمانده. من هم گزارش می‌دم که وقتی به ایستگاه رسیدیم؛ چند تا مأمور بیایند کمک.

- باشه. این‌طور که می‌بینم چاره‌ای ندارم؛ ولی بازم می‌گم زندگی من به آن بستگی داره.

- ممنونم می‌شم بروید تو کوپه‌تان. خبرتان می‌کنم.

ماریا به طرف کوپه رفت. آهسته وارد شد تا بچه‌ها بیدار نشوند؛ اما روبین بیدار بود.

- چی شد خانم ماریا؟

- شما بیدارید؟ تو رو خدا من رو ببخشید. شما را، همچنین این بچه‌ها را اذیت کردم.

- نه، مزاحمت نیست. خب من نگرانتان شدم.

- ممنونم. بخوابید. باید صبر کنیم تا به اولین ایستگاه برسیم. بازم ممنونم.

ماریا نگاهی به جای خالی چمدون می‌کنه؛ آهی می‌کشه. دنبال ظرف آبش می‌گرده.

- ظرف آبم. آخ! تو کوپه رئیس جا گذاشتم.

صدایی او را به خودش می‌آره.

- من ظرف آب اضافی دارم.

ماریا برمی‌گرده؛ چشم به چشم روبین.

- نه، امکان نداره. امکان نداره. این یک اتفاق نیست. این زمانِ که به عقب برگشته. این رؤیای منه که این‌طور می‌بینم. خودشه. درسته، خودِ خودشه. این‌قدر شباهت را فقط تو پدر و پسر می‌توان دید. خدایا! تو این کوپه دیگه چه اتفاقی قراره برام بیفته؟

- شما حالتون خوبه؟ از کی حرف می‌زنید؟

- هیچی هیچی، ببخشید. داشتم بلند فکر می‌کردم. ممنونم از ظرف آب.

ماریا چشمش رو به حالت خواب بست؛ ولی خواب نبود. با آتش زیر خاکستری که روبین ناخواسته برایش پیش آورده بود؛ برای لحظه‌ای چمدانش را فراموش کرده بود. ترجیح داد آن روزها را برای خودش تکرار کند.

ماریا: نمی‌دونم چرا با گفتن کاشکی و یا اگرها زندگی می‌کنیم؛ در صورتی که هیچ اتفاقی بعد از آن نمی‌افتد؛ ولی باز هم تکرار می‌کنیم: کاشکی.

کاشکی آن روز به‌خصوص خواب می‌ماندم. آخرین صبح بی‌خیالیم شد. مثل روزهای قبل، ولی زودتر از همیشه بیدار شدم. انگار شیطان، سرنوشت مرا انتخاب کرده بود. باعجله لباس پوشیدم. برای آوردن آب از چشمه‌ای که نامش «خانه‌ی آب» بود؛ زدم بیرون. چرا؟ نمی‌دانم. به خانه آب رسیدم. متوجه شدم؛ ای وای ظرف آب را نیاوردم! صدایی از پشت سرم: «ببخشید. من ظرف آب اضافه دارم».

می‌خواستم برگردم؛ ببینم کیه. پام لیز خورد. با دستش مرا گرفت. صورتش با صورت من فاصله‌ای نداشت. چشمانم به نگاهش گره خورد. برای چند لحظه مدهوش شدم؛ شاید چند ثانیه. چندثانیه‌ای که چندین سال شد؛ عشق شد؛ طوفان شد. غرق در این افکار بودم. به خودم آمدم.

گفت مواظب خودتان باشید.

- نه، ببخشید. من می‌رم از خونمون ظرف می‌آرم.

- گفتم که ظرف هست. کجا می‌روید؟

با آن صدا، قلبم چه می‌دونم؛ جونم براش رفت. قبول کردم. به خودم آمدم؛ داشتم با او، اویی که چند لحظه‌ای نیست دیدمش؛ اویی که انگار آشنا بود؛ هر دو در سکوت به راهمان ادامه می‌دادیم. به سر کوچه‌ی خانه رسیدم. برگشتم؛ تشکر کردم.

- همین‌جاست؟

- بله.

- اگر بخواهید...؟

- نه، ممنونم. او دستی تکان داد و یک‌دفعه ناپدید شد. او حقیقت داشت. به ظرف آب نگاه کردم؛ پس حقیقت داشت؛ ولی حقیقت من چی شد؟ بی‌تاب شدم. او جراح بود. قلب مرا از سینه‌ام برداشت و رفت. دیگه نمی‌دانستم چیکار کنم. صدای مادرم:

- ماریا! ماریا! چرا نمی‌آیی تو خونه؟ عجب دختری شده! بیا.

رفتم؛ ولی اون ماریایی که رفت آب بیاره تموم شده بود. این لحظه هویتی ندارم.

با دیدن ظرف آب، مادر تعجب کرد و گفت:

- دختر! ظرف رو اشتباه آوردی. حواست کجاست؟ نکنه عاشق شدی؟

می‌خواستم به مادر بگویم: «نمی‌دونم چی شدم؛ ولی یک‌چیزی توی این مایه‌ها. شایدم بدتر». نیست شدم. غرق در او شدم. چشمانم را می‌بستم؛ تکرار فیلمی که

خودم بازیگرش بودم؛ نه بازیگر درست نیست؛ خودم در او حل شده بودم؛ می‌دیدم. صدای مادر، صدایی که دل‌نواز و آرامش‌دهنده بچه است؛ متأسفانه مزاحمم بود.

- ماریا! ماریا! چرا همه‌اش چشمات رو می‌بندی؟ خوابت می‌آد؟ برو بخواب.

و در پاسخش، در دلم می‌گفتم:

«مادر! دیگر خواب از من پر کشید. باید بیدار باشم و هرلحظه را ببینم.»

هرلحظه آن روز را هرجوری بود سپری کردم. دائما می‌رفتم رد پایش را می‌دیدم که آخرین‌بار، الاغ مش حسین از رویش رد شده بود. الاغ بی‌شعور! چطور نفهمیدی که نباید روی آن راه می‌رفتی؟ فک کنم دیوانه شدم؛ نه!؟ بیچاره الاغ مش حسین. آخه کسی باور می‌کند؛ چند لحظه دیدار، مرا از زندگی بازداره؟ درحالی‌که هنوز مجنونی نیست؛ شاید جادو شدم؛ شاید....

تا صبح نخوابیدم. هر آن فک می‌کردم خواب بمانم. تا اولین نشانه‌های روشنایی که خبر روز را داد، دیدم؛ بلند شدم تا آماده بشوم. آهسته از کنار مادر، ظرف آب را برداشتم. تازه یادم آمد؛ اصلاً اسمش چی بود؛ یعنی من عاشق پسری شدم؛ بدون اینکه اسمش را بدانم. خنده‌ام گرفت. ظرف را برداشتم و راه افتادم. در راه عشق از نگاه به وجود می‌آد، نه از روی اسم.

صدایی جدا از صدای مادر:

- ماریا خانم! ماریا خانم!

وای چه بی‌موقع صدایم کرد؛ از عالمم بیرون آمدم.

- ببخشید، شما خوبید؟

- البته، خوبم. چطور مگه؟!

- ولی ناله می‌کردید.

- ناله؟

- بله.

- ببخشید. گفتم خوبم. چشمام رو هم گذاشتم؛ ولی فایده نداشت. چشمم رو باز کردم. دلشوره داشتم. آخه کی ممکنه این کار رو کرده باشه؟ کسی از وجود این چمدان خبر نداشت. تو این چند سال، حتی پیگیرش نبودند. کسی هم که با من مراوده نداشت. اصلاً دوروبری‌ها هم که خبر نداشتن. یعنی چی؟ تازه اون کسانی هم که می‌دانستن؛ قابل‌اعتماد من بودن؛ یعنی هستن. نگاهش به روبین افتاد.

باز ترجیح می‌داد؛ روزهایی رو که سال‌ها ازش گذشته، دنبال کند.

اون روز صبح هم برای آوردن آب، به خانه آب رفتم. در راه دلشوره‌ی عجیبی داشتم.

- یعنی چی دختر؟ مگه چیکار کرد که این‌جور برای دیدنش حریص شدی؟

- گفتم نمی‌دونم.

باز پرسید: «تو به قول خودت اسمشم نمی‌دونی».

- آره نمی‌دونم؛ ولی اسمش اینه: «عشق» عشق؟! بله، بله. برو دیگه. خسته‌م کردی. حواسم پرت شد؛ برای اولین بار از خانه آب رد شدم.

آهسته برگشتم. ظرف‌ها را زمین گذاشتم. زیرچشمی به اطراف نگاه کردم. کسی نبود؛ اگر هم که بود تو کار من نبود. سرم رو پایین گرفتم. دو جفت پا. خودشه

یادمه. چون سرم پایین بود؛ اول کفش‌هاش رو دیده بودم. با خوشحالی برگشتم؛ ولی پای غریبه‌ای بود. خنده‌ام می‌گیره؛ غریبه. چه زود او را آشنا دیدم!

صدای افتادن ظرف آبم، مرا به خودم آورد. این‌بار او بود؛ با لبخندی که مروارید پشت آن برق می‌زد؛ با نگاهی که عمق دنیا درش بود و با آن پیراهن سبزش که هم‌رنگ چشماش بود. هول شدم.

- درود به شما. چیزه، ظرفتون رو آوردم.

- درود به زیبارو.

کم مانده بود غش کنم.

- قابلی نداشت. این‌طور که معلومه هرروز برای بردن آب اینجا می‌آیی.

- درسته. فقط همین آب قابل‌خوردن است.

- چرا؟

- چرا؟ مگه شما اینجا زندگی نمی‌کنید؟

- چرا، چرا.

- پس؟

- حرف رو عوض کرد.

- اجازه بده بهت کمک کنم تا خسته نشی.

- می‌دونم می‌خواهی چی بپرسی.

- من؟

- بله.

- خب، چی؟

- مگه کسی غیر از شما نیست؛ مثل برادر، پدر؟

لبخندی زد.

- نه بابا! ولی حالا که خودت اشاره کردی؛ خب، آره برام سؤال شده بود.

- راستش آقا!

- آقا!؟

- خب اسمتون رو نمی‌دونم.

با صدای بلند خندید.

- راست می‌گی. اسم من سهرابه.

- اسم منم گردآفرید.

- راست می‌گی؟

- نه، اسم من ماریاست.

- چه اسم قشنگی! ماریا... ماریا چند سال داری؟

- بیست سال.

- منم بیست‌وچهار سالمه. اما جالبه بدونی؛ اسم مادرم رودابه است.

خندیدم

- و اسم پدرم زال.

- این که شد شاهنامه!

- آره، ولی عشق‌های اسطوره‌ای شاهنامه عالیه.

- فوق‌العاده است. شاهنامه یکی از کتاب‌هایی است که خیلی دوست دارم.

- درسته. منم پدرم اینجا کشاورزه، ولی درس ابتدایی خوانده.

- عالیه!

- یکی از کتاب‌هایی رو که می‌خواند شاهنامه است؛ همیشه هم باافتخار از او یاد می‌کنه. اوایل که بچه‌تر بودم؛ ازش پرسیدم: «باباجان! من رو بیشتر دوست داری یا شاهنامه رو؟» می‌دونی در جوابم چی گفت؟

- نه.

- خب معلومه، نه.

- پس چرا پرسیدی؟

- طبق خیلی چیزهای دیگری که می‌گوییم؛ ولی نمی‌دانیم چرا؟ مثل حروفی که خوانده نمی‌شوند؛ ولی در کلمه نوشته می‌شوند.

- من رو متعجب می‌کنی.

- از چه نظر؟

- خب، خیلی دختر عمیقی هستی.

- ممنونم.

- ببخشید، نگفتی پدرت چی گفت؟

- واقعاً؟ چقدر حاشیه! گفت: «اگر امروز من و تو به زبان فارسی سخن می‌گوییم؛ از همّت اوست؛ حکیم ابوالقاسم فردوسیِ پاینده، نگهدارنده زبان پارسی».

- جالبه، ولی داستان‌های عشقی، اسطوره‌هایی از قدیم بوده که فردوسی آن را به نظم درآورده.

- بهترین قسمت شاهنامه همین است که خودش می‌گوید:

بسی رنج بردم در این سال سی

عَجم زنده کردم بدین پارسی

- ولی من تو عجم ماندم. اصلاً این شعر را فردوسی گفته؟

- عجم یعنی ایرانی؛ ولی جای بحث داره.

- بحث که داره؛ شاید که نه، باید شاهنامه را به دقت بخوانیم. کسی مثل پدر من از خواندنش لذت می‌برد؛ به‌خاطر اینکه ایران مطلق را در او می‌خواند؛ ولی محققان شاهنامه اندک هستند. نمی‌دونم درست حدس زدم.

- یکی پشت سر ما بود؛ فکر می‌کرد چی به هم می‌گیم.

با خنده گفتم:

- واقعا؟

کمی سکوت شد. ایستاد روبه‌روی من، به من نگاه کرد.

- بهت بگم؛ تو خیلی زیبایی. تا حالا کسی بهت گفته؟

داغ شدم. گونه‌هایم مثل آتش گر گرفته شد.

دیگه نزدیک کوچه‌مون رسیده بودیم. متوجه شد که آخر راه هستیم. با لبخند زیبایش، ظرف آب را کنار من، روی زمین گذاشت.

- بدرود.

در دلم، درحالی‌که چشم از او برنمی‌داشتم؛ گفتم:

به نام خداوند جان و خرد   کَز این بَرتر اندیشه بَرنگذرد

نمی‌دونم چرا این شعر را خواندم. شاید به‌خاطر این بود که تازه در من عشق ورزیدن شروع شده بود. این تحلیل خودم از خواندن این شعر فردوسی بود. با قلبی مملو از عشق، عشق سهراب، خم شدم. ظرف آبم را برداشتم. این بار رد پایش را دنبال نکردم؛ چون در درونم رد پایش ثبت شده بود.

راستی! اگر فکر الانم رو داشتم؛ بازم این اتفاق برام می‌افتاد؟ یعنی عشق در هر شرایطی، غافلگیرانه برخورد می‌کند. هرچه هست شیرین است. شروع فصلی است از احساس که با بهار شروع می‌شود؛ غنچه می‌زند. من هم پا به این فصل گذاشتم؛ بدون اینکه فکری کرده باشم. خوبیه عشق اینه. نه کاری داره اهل کجایی؛ نه فرق می‌کنه زیبایی و یا زشتی. مثل بارش باران که وقتی می‌بارد همه‌جا را یک‌دست دربرمی‌گیرد و تبعیضی یا انتخاب‌شده‌ای ندارد. چقدر زیبا حضرت مولانا، از عشق سخن می‌گوید. با خودم زمزمه کردم:

درنگنجد عشق در گفت و شنید   عشق، دریایی‌ست قعرش ناپدید

هرروز صبح، کارم این بود از خواب بیدار شوم؛ سریع به بهانه‌ی آب آوردن از خانه‌ی آب بیرون بروم. گاهی عمدا ظرف آب را خالی می‌کردم که بهانه هرروز را داشته باشم. تقریباً دو ماهی گذشت. من و سهراب سخت به هم دل‌بسته بودیم. گاهی در

گذرگاهان، یواشکی در آغوش هم بودیم و شایدم بیشتر. تا اینکه اون روز به خانه‌ی آب نیامد. منتظر شدم. نمی‌دانستم کجا سراغش رو بگیرم. اصلاً خونشون کجاست؟ کلافه شدم. نکنه بیمار شده؟ نکنه، نکنه، به خانه رسیدم. مادرم صدا زد.

- ماریا! پس کجا رفتی؟ ظرف خالیه.

تازه متوجه شدم؛ یادم رفته ظرف رو آب کنم. آن شب، صبح نمی‌شد. اگر شد؛ خیلی طولانی بود. به دو رفتم؛ ولی جا تر و بچه نبود. ناامید برگشتم خونه. مامان آب آوردم. همسایه روبه‌رویی که گاهی من رو با سهراب دیده بود؛ خونه ما بود. صحبت از عروسی کَرَم خان؛ یعنی پسرش، این‌طور که توضیح می‌داد. خیلی‌ام باعجله است. تمام اهالی رو هم دعوت کرده بودند. سوسن خانم، با مخالفتی که داشت؛ غر می‌زد: «کی وقت می‌کنیم؛ لباس تهیه کنیم!؟». مامانم مرا دید خوشحال، بیا بیا عروسیه.

ماریا: عروسی کی؟

ای بابا! پسر زن اول کَرَم خان. انگار این پسر اسم نداشت؛ منم زیاد درگیرش نبودم. در همین لحظه، همسایه‌مان که داشت می‌رفت؛ به من گفت: «عروسی رو بیا. برات خوبه». انگار من بیمار بودم که حالا او فهمیده چی برام خوبه. پرسیدم: «کِی هست؟» همه با هم گفتند: «فردا شب».

آن شب، کاشکی صبح نمی‌شد. بازم کاشکی و خواستن این که زمان متوقف شود. بالاخره با خواهش مامان، راهی عروسی شدم. درِ کمدم رو باز کردم. نمی‌دونم چرا دلم خواست پیراهن سفیدم رو بپوشم، با کفش سفیدی که برای عید خریده بودم. کمی آرایش کردم. با تور سفیدی که داشتم؛ موهام رو جمع کردم. پدر وقتی من رو

دید؛ مثل همیشه با روی خوشش گفت: «عروس شدی دختر». من رو بوسید. راهی خانه کَرَم خان شدیم.

تا به آن روز، من اصلاً اون خونه را ندیده بودم. کاخی بود برای خودش. سروصدای ساز و دهل، رقص و شادی، شیرینی و انواع اقسام خوراکی‌های متنوع، همه مشغول بودن. خواهر عروس فریاد زد: «بگید ارکستر، مبارک باد رو بزنه». یک آن سکوت شد. من همچنان روی مبلی که کنار سفره عقد بود؛ نشسته بودم. حوصله‌ای نداشتم؛ ولی چشمم به جمعیت بود؛ شاید سهراب را ببینم.

اطلاع دادند؛ عروس و داماد، مراسم عقد را برگزار می‌کنند؛ هرکسی خواست، البته غیر زنان بیوه و دخترها، سر سفره عقد باشند. من کنجکاو شدم؛ این یعنی چی؟ اصلاً با این خرافات بیگانه‌ام. جلوتر از همه رفتم سر سفره. عاقد داشت می‌خواند برای داماد. آقای سهراب کَرَم خان. وای! چی شنیدم؟ سهراب، سهراب کَرَم خان؟ پس اون پسر کَرَم خان بود؟ ولی داماد. وای! در ادامه حاضرید با سیما شفاهی ازدواج کنید؟ در کمال ناباوری شنیدم؛ گفت: «بله».

نفهمیدم؛ نمی‌دانم چی شد. درست روبه‌رویش ایستادم. نگاهش کردم. دستش را اون دختر گرفته بود. لباس دامادی، ولی چشمانش پر از غم پنهان. او متوجه من شد. یک‌دفعه آمد بیاد طرف من. من فرار کردم. یادمه به زن همسایه‌مان برخورد کردم. تازه فهمیدم چرا اصرار داشت در آن عروسی شرکت کنم. فقط یادمه با اون لباس سفید که حالا قهوه‌ای شده بود؛ بس که زمین خوردم، تا آنجایی که شد؛ دویدم؛ بی‌مسیر.

به خودم آمدم. آنجایی که ایستادم؛ نمی‌دانستم کجا هستم. متوجه نور چراغی شدم. به طرفش رفتم. به نظرم سوله‌ای بود. «شاید کسی باشد؛ بدانم کجا هستم». نزدیک‌تر

که شدم؛ صدایی شنیدم که می‌گفت: «نکنید. مرا بکشید؛ ولی این کار رو با او نکنید». کم‌کم نزدیک شدم. از لای درز در، یک زنی که دست‌وپایش را بسته بودند؛ روی چهارپایه نشسته بود. زنی با قد و قامت بلند. اگر صداش رو نمی‌شنیدم؛ فک می‌کردم خارجیه. زن بیچاره، چشماش رو هم بسته بودند. چرا؟ چرا التماس می‌کرد؟ با کی می‌خواستن کاری کنند.

بدون اینکه پشت سرم رو نگاه کنم؛ ناگهان دستی به شانه‌ام خورد. برگشتم. باورم نمی‌شد؛ یک غول چراغ جادو بود. نزدیک‌تر شد به من. ببینم کوچولو؟ خانم پستانکش رو گم کرده چرا؟ مگه اینجا بود که آمدی؟

- (با ترس) نخیر. به خدا داشتم رد می‌شدم.

- باور کنم اینجا بر و بیابون، رد می‌شدی؟ کی فرستاده تو رو اینجا؟

- به خدا هیچ‌کس. باور کنید.

- چی دیدی؟

- هیچی.

- خوبه. برو و هرچی دیدی رو هم به نفع خودته که فراموش کنی. راه از این طرفه.

- چشم. به دو آمدم. موقع برگشت، دیدم آن زن را با خودشان بردند. البته گویا براش لباسی آورده بودند که بپوشه، بعد بردنش. دیگه چیزی ندیدم. برگشتم به خونه تا روی زخمی که بر قلبم بود؛ مرهم بگذارم. مامان آمد داخل اتاقم. دخترم چرا رفتی؟ چرا وانیستادی با هم بیاییم؟ پدرت سراغت رو خیلی گرفت.

- ببخشید.

- تو حق داشتی بدونی تا این‌قدر منتظر نباشی.

دهنم باز موند. اول خجالت کشیدم؛ ولی بعدش: «مامان؟ شما!!؟»

- بله می‌دونستم. فهمیدم چرا نرفتی به تهران به کلاست برسی.

- مامان این چه بلایی بود سرم آمد؟ چرا ابراز عشق کرد و دست در دست دیگری رفت؟ ای کاش اصلاً نمی‌دیدمش. کاش اصلاً در آن لباس و اون سفره را نمی‌دیدم. کاش بله گفتنش را نمی‌شنیدم.

- آرام باش دخترم. راستی می‌دونستی کیه؟

- نه، این چه سؤالیه؟ اگر می‌دونستم که امروز نمی‌آمدم آنجا.

- چرا نمی‌دونستی؟ بهت چرا نگفته بود؟

- وای! وای! نمی‌دونم. نمی‌دونم. شاید صحبتی نشد یا چه می‌دونم؛ نمی‌دونم.

- بهت بگم اون پسر زن اولشه.

- زن دومش کیه؟

- اوه، می‌گن از سرشناسای درباره.

- دربار کی؟

- چه میُ‌دونم؛ دربار قاجار.

- قاجار؟ اینکه پز نداره. درباریان قاجار یک مشت دزدند و مملکت رو به این روز درآوردند.

مادرم در کمال سادگی.

- چه می‌دونم؛ بی‌سوادی بده.

حرفش دلم رو درد آورد؛ گفتم گاهی باسوادی‌ام بده.

- پاشو دختر خوبم. اینم یک خاطره شد برات. تلخه؛ ولی چاره‌ای نیست. باید فراموشش کنی. باید، دختر خوبم.

مادر سرم رو بوسید. قول دادم که فراموشش کنم؛ ولی به چه قیمتی؟ اما دلم گواه دیگری می‌داد. من چشمای سهراب را می‌شناسم. اون نگاه پر از حرف بود؛ ولی چه فایده. اون الآن شریک زندگیش را در آغوش گرفته. وای چه تجسم زهرآلودی. خدایا امشب مرا به خواب مرگ ببر.

صدای سوت قطار، خبر از رسیدن به ایستگاه را می‌داد. از جا پریدم. قبل از من، بچه بیدار شده بود. روبین عذرخواهی کرد. به نظرم بی‌مورد بود. به‌سرعت خودم رو به مأمور قطار رساندم. من رو دید.

- کجا آمدید؟

- کجا؟! باید می‌آمدم از دل‌شوره مُردم.

- الآن چند تا مأمور می‌فرستند؛ با هم قطار را بررسی می‌کنیم. فعلاً درهای قطار بسته است. دزد راه فراری ندارد.

- گفتم، شما این‌کاره نیستید.

- خانم درست صحبت کنید؛ لطفاً.

سه تا مأمور رسیدن؛ وارد قطار شدن.

- سلام.

- درود. چمدون من رو دزدیدن.

- اجازه بدید؛ از اول بگید.

- بابا اول و آخر نداره؛ چمدون من رو دزدیدن. دزد هم در همین قطاره.

- متوجه شدم.

- الهی شکر! از بس تکرار دزدیدن چمدانم کردم؛ خسته شدم.

- به متصدی قطار لطفاً اعلام کنید که به چه منظور، داریم کوپه‌ها را می‌گردیم.

لحظه‌ای بعد کار شروع شد؛ ولی کسی پیدا نشد. چمدان، آب شده، زیرزمین رفته. ماریا نمی‌توانست قبول کند؛ مگه می‌شه یک چمدان به آن سنگینی، غیبش بزنه.

- مأمور نزدیک ماریا آمد. چیزی ...

- بله فهمیدم؛ چیزی به‌عنوان چمدان در قطار نبود.

- می‌شه بپرسم چی داخلش بود؟ اگر بود؛ چه کسانی خبر داشتن؟

ماریا در فکر به کوپه‌اش رفت. نشست روی صندلی. باز تجدید خاطره کرد.

آن شب تمام شد. صبح که بیدار شدم؛ متوجه شدم که مامان رفته از خانه آب، آب آورده. یک نامه هم روی میز من بود. نامه! صدا کردم؛ مامان، مامان این چیه؟

- این نامه است.

- می‌دونم؛ از کیه؟

- بخوان؛ من که سواد ندارم.

صبح که رفتم آب بیارم؛ یکی گذاشت پشت پای من. فقط گفت به دخترت برسون.

- از جا بلند شدم. خانه آب، نامه، دخترتون، درسته سهراب! ولی نه، خواندن نداره. که چی؟ او دیگه تمام شده. نامه را باز نکردم؛ پاره هم نکردم. یادمه گذاشتمش داخل کشوی میزم. مامان آمد تو اتاق.

- ببینم؛ نامه از کی بود؟

- از هیچ‌کس.

- یعنی چی؟ نامه خالی بود؟

- نه مامانم، پر بود؛ ولی دیگه در قلب من نیست.

- آفرین به دختر فهمیده خودم. برو دست و روتو بشور. صبحانه آماده است.

- پرسیدم پدر کجاست؟

- رفته سر زمین، چطور مگه؟

- می‌خوام برم تهران، سر کلاسم.

- آفرین به تو، دختر فهمیده خودم. خیالم راحت شد. خیر ببینی.

فردای آن روز رفتم تهران، خوابگاه دانشجویی. با همکلاسیام روبه‌رو شدم. نمی‌دونم چند روز گذشت. یک روز از کلاس آمدم. نزدیک خوابگاه با دیدن سهراب، قلبم ریخت!

- از کجا خوابگاه منو می‌دونه!؟ وای از کجا!؟

آمد جلو.

- درود به گردآفرید؟

- اشتباه گرفتید.

- نه ماریا، شوخی کردم.

- مگه من با شما شوخی دارم؟

- بله؟

- نخیر. من ...

- بله؟

- نخیر، نخیر.

زدم زیر گریه. آمد جلو. او هم گریه می‌کرد.

- ببین آمدم حقایقی برات بگم و برم. قضاوتش با تو.

- قضاوت را وقتی کردم که تو بله را گفتی.

- نه.

- نه، چطور زیرش می‌زنی!؟

- نه، نگفتم. برات توضیح می‌دم؛ ولی اینجا نه.

- کجا؟

- توی یک مسافرخونه هستم. تازه با صاحبش آشنا شدم. به نظر مرد خوبیه؛ اگر بیایی.

- اگر نیایم؟

- خب زوری نیست؛ منم اصرار نمی‌کنم.

دلم می‌خواست بروم. برای دیدنش لحظه‌شماری می‌کردم؛ ولی امروز برای ندیدنش.

قبول کردم. راهی مسافرخانه شدیم. داخل رفتیم. صاحب مسافرخانه مرد محترمی بود؛ ولی بعد فهمیدم؛ سهراب مرا به جای سیما معرفی کرده. بالاخره به اتاقی که گرفته بود رفتیم. من معترض شدم؛ چرا اسم دیگری؟

توضیح داد که اگر غیرازاین بود؛ اجازه نمی‌داد با هم توی یک اتاق باشیم.

نشستم روی صندلی آهنی سبز رنگی که آنجا بود.

- بهت بگم؛ عجله کن؛ چون در خوابگاه بسته می‌شه. من پشت در می‌مانم.

با خون‌سردی خاصی:

- خب بشه. مگر چی می‌شه؟ پیش خودم هستی.

دلم فروریخت. یعنی چی؟ چه ذاتی داشت! من نمی‌دونستم. خودم رو جمع‌وجور کردم. از فلاسک چای که همراهش بود؛ برایم توی استکان کمرباریک، چای ریخت و با چند تا شکلات و شیرینی، انگار که نه، تدارکش را دیده بود و مطمئن بود من همراهش می‌آیم؛ شروع کرد به صحبت.

- ماریای من، همان‌طور که می‌دونی یا فهمیدی، من پسر زن اول پدرم هستم؛ البته فقط به‌طور اسمی، نه عشق پدری.

- (با تعجب) این دیگه چه مدلشه؟

- اجازه بده برات توضیح می‌دم. گویا مادرم رودابه عاشق پسری بود، و تا آنجا که می‌دانم؛ آن پسر رگی از روس‌ها داشت. اسم خاصی هم داشت. پدر اسمی من، حالا او را چطور از سر راهش برمی‌دارد و مادرم را به همسری می‌گیرد؛ بماند.

- پس چرا عشق پدری به تو نداشت؟

- سؤال خوبیه؛ چون فک می‌کنه من پسر او نیستم و می‌ترسه جایی بازگو کنه؛ همه تف و لعنتش کنند.

- خب تو از کجا می‌دانی؟

- مادرم برای اینکه دل‌گیر نباشم از بی‌مهری پدر، برام گفت.

- عجب!

- آره عجب! من آن روز که به خانه آب آمدم؛ تنها اون روز تو را ندیده بودم. چند روزی بود که منتظر بودم تا یک‌جوری با تو آشنا بشم که شد.

- ای بدجنس! چقدر خوب فیلم بازی می‌کنی؛ یعنی برای بردن آب نمی‌آمدی؟ درسته؟

- باشه، من هنرپیشه. تا اینجا را داشته باش. او قمارباز قهاری هم بود. گویا در آخرین بازی قمار، تمام هستیش را می‌بازه، به آقایی به نام شفاهی.

- با خنده گفتم: «کتبی، نه شفاهی».

- منم روز اول خندیدم. بذار برات تعریف کنم؛ خواهشاً وسط حرف من نیا.

- چشم.

با نگاهی نفوذپذیر مرا نگاه کرد.

- اما آقای شفاهی دو تا دختر داشت. کوچک‌تره ازدواج کرده بود و اما بزرگ‌تره که کمی شیرین‌عقل است؛ آقای شفاهی از این فرصت سوءاستفاده می‌کنه؛ پیشنهادی به، به‌اصطلاح پدرم می‌ده. اون پیشنهاد اینه که اگر سهراب دختر من رو بگیره؛ با هم بی‌حسابیم.

- یعنی چی؟!

- یعنی همین. برای من نقشه می‌کشند. به مادرم که می‌گن؛ او مخالفت می‌کنه.

- پس چطوری؟

- گفتم بذار برات بگم. پدرم با تهدید وارد عمل شد. به من گفت یا تن به ازدواج می‌دهی یا ...

- یا چی؟

در این موقع اشک تو چشمای سهراب جمع شد.

- یا اینکه مادر رو از دست می‌دی. جلوی من دست و پای مادرم را بستن، بردنش.

- ای وای من از اون. یعنی پس خودش بود، دیدم؟

- کجا؟ کی؟!

- وقتی سر عقد، تو بله گفتی؛ من فرار کردم. این‌قدر دویدم تا نمی‌دونم سر از بر و بیابون درآوردم. توی یک سوله. آنجا بود رسیدم. صدای زنی رو که ناله می‌کرد؛ شنیدم. رفتم جلو. یک زنی با قامت بلند، دست و پا بسته، چسب به دهنش بود.

کمی بعد باز صدای زن که گویا چسب را باز کرده بودند؛ فریاد می‌زد: «من رو بکشید؛ پسرم رو به دخترش ندید. او سالم نیست؛ بیماره».

- بله، متأسفانه این کار را کردند.

- تو کجا بودی؟

- من رو هم زندانی کردند؛ تا روز عقد منفور.

- که این‌طور. عجب ظالمی. کاش زودتر می‌فهمیدم؛ اهالی رو می‌بردم تا نجات می‌دادند.

- اهالی؟ اونا برای پول هر کاری می‌کنند.

- منظورم، اهالی مثل پدر خودم.

- آهان، کاشکی. این شد که من داماد شدم. شب عروسی هم چند تا مأمور دم در اتاق عقد بود.

ناگهان خودم رو در بغل سهراب دیدم. هر دو اشک می‌ریختیم. هر دو چند لحظه‌ای در سکوت بودیم.

- چه جنایتی! باورم نمی‌شه.

- برای همین، من در عمل انجام‌شده قرار گرفتم.

- الآن مادرت کجاست؟

- الآنم تحت حفاظت شدیده که مبادا من فرار کنم.

- فرار؟ پس الآن چطوری اینجایی؟

- به‌خاطر کاری که از من خواسته؛ حمل‌ونقل یک کالا.

چشمم به چمدانی که گوشه اتاق بود افتاد. پرسیدم:

- تو همین چمدان است؟

- نه، ولی چیزی که در این چمدان هست؛ خیلی باارزشه. باید از خانه پدری اون رو بیرون می‌آوردم. البته خود پدر به من داد؛ چون هرلحظه ممکن بود باز قمار کند و ببازد. اگر غیرازاین بود؛ محال بود آن را به من بسپارد. از این چمدان هم کسی خبر ندارد. فقط من و خودش و تو.

- و من. جالبه! می‌شه بپرسم چی توشه؟

- البته؛ ولی منم نمی‌دانم. ازم قول گرفت. گفت: «تا آنجایی که ممکنه درش باز نشه».

بلند شدم. چمدان را وارسی کردم. کنجکاو شدم. آمدم؛ بلندش کنم. وای چقدر سنگینه.

- آره با یک بدبختی آوردمش تو. می‌خواستم که صاحب مسافرخانه فکر کنه؛ یک چمدون معمولیه.

- این فکر رو کرد؟

- آره.

- نکنه موادمخدر باشه؛ گرفتار بشی.

- نه، فک نکنم. شایدم. نمی‌دونم.

- چیزی که نمی‌دونی داخلش چیه؛ آوردی با خودت!؟

- حق با توست؛ ولی فعلاً جان مادرم در دستان اوست.

- بی‌معرفته.

- کی؟

- خب کسی که مثلا پدر است. می‌دونم تو هم از روی عادت نامش رو می‌بری.

شب شده بود. من در کنار سهراب لذت می‌بردم. کاش باد برای مادرم خبر می‌برد که آسوده‌خیال شدم. سهراب بی‌گناه بود؛ مثل سهرابِ رستم؛ ولی اینجا هم معلوم نشد؛ سهراب فرزند کیست. مرثیه‌ای سهراب!

- به چی فک می‌کنی؟

- به سهراب.

- من؟

- نه، سهراب رستم.

- سهراب رستم. خودم هم پیگیر هستم. از وقتی فهمیدم؛ احساسم می‌گه پدرم کَرَم خان نیست. هیچ شباهتی به او ندارم.

- راستی زن دوم پدرت چی؟

- زن دوم پدرم، زنی است؛ زرنگ و موذی. خُب بلده چیکار کنه. چهار تا بچه به دنیا آورده؛ همشان دختر است.

- اوه، پس کرم خان پسر ندارد؟

- درسته. هرکدام را که زنش به دنیا آورد؛ تا وقتی که فکر می‌کرد شاید پسر باشد؛ با من ناسازگار می‌شد؛ ولی بعد که دختر به دنیا می‌آمد؛ سازگاری می‌کرد و زنش دچار بحران می‌شد. مخصوصاً من رو از او دور می‌کرد؛ بدجوری حسوده.

- البته من شنیدم از خانواده دربار است (خندید).

- جالبه. همه‌جا این رو گفته. نه بابا، الکی گفته که برتری داشته باشه. خنگه دیگه. یک‌چیزی شنیده از دربار قاجار، ولی نمی‌دونه فقط پُزش شده، همین.

- یعنی از...

- تو هم؟!

- آخه منم چه می‌دونم؛ از دوستان و همسایه‌های مادرم شنیدم.

- پدرش برای کار باغبانی، یک روز به جای دوستش میره دربار قاجار؛ البته پدربزرگش، اشتباه کردم. وقتی برمی‌گرده؛ مادربزرگش می‌پرسه: «کجا بودی؟» پدربزرگ می‌گه: «ما از خانواده درباریم». مادربزرگش می‌گه: «یعنی چی؟» می‌گه: «تو بگو؛ کار نداشته باش.» تا امروز هم ادامه داره.

- عجب! به اینجاش فکر نکرده بودم. بگذریم. خب معلومه ولی یک سؤال. با این شکی که پدرت راجع به تو داشت؛ چرا هیچ کجا حرفی نزده؟

- معلومه؛ چون تو قومشان هر مردی که پسر نداشته باشه؛ مرد نمی‌دانند.

- خیلی‌خوب. با این حرفا باید تو را خیلی راضی کند (خندید).

- شنیدم زنش حامله است. دکترا بهش گفتن پسره. شاید برای همین با بی‌رحمی، من و مادرم را وارد کرد که تن به این وصلت بدهیم.

- خوبه این بار هم دختر باشه.

- مادرم می‌گفت به‌احتمال‌زیاد دختره.

- پس بریم برای دختر پنجم.

در اتاق را زدند. سهراب در را باز کرد. شام آورده بودند. گرفت. در رو بست.

- شام! آخ دیر شده. در خوابگاه رو باز نمی‌کنند.

- باشه مهم نیست. اینجا جات امنه.

توی دلم گفتم: «چه جایی بهتر از اینجا؟» شام را خوردیم. کمی با هم حرف زدیم. صبح که از خواب بیدار شدم؛ در کنارم سهراب نبود. روی زمین خوابیده بود. بلند شدم. رویش را انداختم و روی تخت نشستم. به چهره‌اش نگاه کردم. چیزی دست‌کم از سهراب نداشت. یال و کوپالش، زیبایی رویش، فکر کردم؛ نمی‌تونه فرزند کرم خان باشه؛ او کوتاه‌قد و سبزه‌رو بود؛ ولی خب شاید به مادرش، اون زنی که در سوله دیدم؛ رفته باشه؛ بلندقامت و سفیدرو، فک کنم با چشمانی روشن. نمی‌دونم؛ قضاوت سخته. سهراب بیدار شد.

- ببینم، نخوابیدی؟ ببخش بهت سخت گذشت.

- به من؟ من که روی تخت خوابیده بودم. به تو سخت گذشت.

- همین‌که با تو در یک مکان بودم؛ آسان شد.

- راستی، صبحانه چی می‌خوری؟

- چیزه، من باید زود برم. کلاس دارم.

- باشه برو؛ ولی اول صبحانه. من از قبل سفارش داده بودم.

در زدند. باز سهراب در را باز کرد. سینی صبحانه را گرفت؛ تشکر کرد و در را بست.

- وای چه صبحانه مفصلی!

- بخور نوش جانت.

- رفتم صورتم را شستم. نشستم پشت میز. او همچنان من را نگاه می‌کرد.

- ببین خداوند چیزی از خوشگلی برات کم نگذاشته؛ خیلی زیبایی.

- ممنونم. می‌شه بخوریم؟

- چی رو؟

- خب صبحانه رو. حواست کجاست؟

- پیش تو.

- من که اینجا هستم.

- ولی تا ابد می‌خواهم در کنارم باشی.

- تا ابد؟

- آره، مگه تو مخالفی؟

- نه، ولی.

- ولی ندارد. امروز می‌ریم محضر. من تو را عقد می‌کنم.

- عقد!؟

- آره عقد.

- مادرم؟

- همه‌چیز را به مادرت توضیح دادم.

- پس چرا نمی‌گی؟

- گفتم حالا بخور تا.

- تا نه کلاس دارم.

- باشه می‌ری بعد از محضر.

- شناسنامه‌ام؟

- از مادرت گرفتم.

- آخ مادر! مادر خوبم. شناسنامه‌ام که پیش خودمه.

- چرا فکر می‌کنی؟

- آخه منم می‌شم زن دوم تو.

- نه، تو فقط زن منی. راستی یک سؤال. چرا سفید پوشیده بودی اون‌شب؟

- نمی‌دونم خودمم. این سؤال رو از خودم کردم.

- من می‌دونم؛ چون تو عروس من بودی؛ پس ...

- پس نداره. اون سمبلیک بود.

صدای در کوپه.

- ببخشید شما خواب هستید؟ متصدی هستم.

- نه بیدارم. خبری شده؟

- چند دفعه آمدم؛ جوابی ندادید.

- آخه با ...

- با ...

- هیچی. الآن می‌آم بیرون.

رفتم بیرون. هوا همچنان تاریک بود. متصدی گفت:

- می‌دونی؛ یک خبر خوب براتون دارم. بیایید تا بگم.

- بگو.

- فک کنم مأمورا به نتایجی رسیدن.

- چه نتیجه‌ای؟

- الآن معلوم می‌شه.

رسیدیم به کوپه رئیس قطار. متصدی به در زد. وارد شدیم توی اتاق. دو نفر دیگه بودند؛ دو نفر مأمور با لباسی خاص.

- با اشاره‌ی رئیس نشستم. چشم به آن‌ها دوختم؛ منتظر.

بالأخره یکی سخن گفت:

- ببخشید خانم.

- ماریا هستم.

- بله خانم ماریا. می‌شه لطفا بگید داخل چمدون چی هست؟

- شما به داخل چمدان من چیکار دارید؟ اصلاً فک کنید هیچی.

- یا لوازمه شخصی من، غیر از اینه؟

- نه، سوءتفاهم نشه. ما چمدان را فهمیدیم کجاست.

- خب اصل مطلب را بگید. کجاست؟ نباید از قطار دور باشه. درسته؟

- درسته اما.

- اما نداره. بگید قال قضیه کنده بشه.

- باشه، شما بروید کوپه خودتان، می‌گم بیاورند.

- چمدان را می‌گید؟

- بله چمدان را می‌گویم.

برگشتم توی راهرو. اینا چی می‌گن؟ مرا بازجویی کردن. نمی‌دونم. این سؤال‌ها را هم متصدی از من می‌توانست تو کوپه بپرسه. عجیبه. قضیه بودار داره می‌شه. باید صبر کنم. دوباره به کوپه برگشتم؛ هنوز سهراب، وای، روبین خواب خوابه.

بچه‌ها هم خوابند؛ ولی چمدان، راستی چرا هیچ‌وقت به فکر باز کردنش و فهمیدن اینکه داخلش چیه نبودم؟

آن روز بعد از خوردن صبحانه بیرون رفتیم. من رفتم سر کلاس و او نگفت کجا می‌رود. حدوداً ساعت ده صبح بود که مرا خواستن. فکرش رو می‌کردم سهراب باشه.

برای همین، وسایلم را برداشتم. دوستم پروین گفت: «ببینم اتفاقی برات افتاده؟ دیشب هم نبودی!» یواش گفتم: «برات تعریف می‌کنم». به طرف در خروجی نگهبانی رفتم. بله، سهراب بود.

- درود. خسته نباشی. تعجب کردی از آمدنم به اینجا؟

- درود. تو نذاشتی که من خسته بشم. خب کجا می‌خواهیم بریم؛ با این عجله؟

- ای بابا داریم می‌ریم محضر!

- محضر؟ اونم بدون اجازه پدرم؟ لابد الآن می‌گی به او هم گفتی.

- راستش دروغ چرا، من اصلاً مامانت رو هم ندیدم.

- ای ناقلا! منم باور نکردم. خیلی کلک هستی.

- کلک؟ نه می‌خواستم ذهنت آروم بگیره. بعد براشون می‌گیم و اجازه می‌گیریم.

- از اون حرفاست!؟

- ببینم دلت نمی‌خواد عروس واقعی من باشی؟

- چرا، ولی پدرم.

- باشه. ببین من و تو به سنی رسیدیم که خودمان زندگی‌مان را انتخاب کنیم.

- درسته، ولی فرهنگمان؟

- مگه نمی‌گی عاشق شاهنامه هستی و داستان‌های عشقی آن؟

- ببینم این چه ربطی به شاهنامه داره؟

- ربط داره. رودابه وقتی از پدرش شنید که زال چگونه مردی است؛ خودش دست‌به‌کار شد. از خدمه‌اش خواست زال را پیش او ببرند و به او بگویند رودابه در کاخ قدیمی، دور از چشم همه می‌خواد او را ببیند. وقتی این خبر به زال رسید؛ او هم از رودابه، به‌وسیله افرادی که از نزدیکان او بودند و مشخصات رودابه را می‌دانستند؛ پرس‌وجوکرد و پیش او رفت.

- یعنی الآن من رودابه و تو زال؟

- چراکه نه؟

- ولی در آخر، از پدرش کسب اجازه کرد. با آن‌همه مخالفت از پدر که چرا باید با خاندان ضحاک وصلت کند؟ و زال که با زرنگی، قول پدرش را هنگامی‌که می‌خواست او را از پیش سیمرغ ببرد؛ استفاده کرد.

- چه قولی؟

- به او گفت: «هرچه بخواهی، آن کنم».

- ببینم شاهنامه را حفظی؟ چطوره نقال بشی؟

- چراکه نه. نقال برای تو. اگر قبول کنم و با تو ازدواج کنم؛ زندگی چطوری می‌شه؟

- الآن فقط در کنار تو بودن برام مهمه.

- به چه قیمتی؟

- هر قیمتی.

- مگه نمی‌گی مادرت در چنگال افراد پدرت اسیره؟

- چرا.

- پس چی؟

- ببین ما ازدواج می‌کنیم؛ من می‌روم پیش پدرم؛ کاری که باید می‌کنم.

- چه‌کاری؟

- ببین به من اطمینان کن.

- باشه.

با چه ذوقی به دفترخونه رفتیم. من شناسنامه خودم را به او دادم. بله صفحه ازدواج پر شد از نام سهراب. چند روزی گذشت. توی اون مسافرخونه چه لحظاتی داشتیم تا اینکه یک روز صبح، صدای محکم زدن به در اتاق، من و سهراب را از خواب پراند. باعجله بیدار شدیم. سهراب در را نیمه‌باز کرد. صاحب مسافرخونه باعجله گفت: «زود باشید. آمدن دنبال شما. نمی‌دونم چرا. زودِ زود برید. من معطلشون کردم».

سهراب، هراسان من رو با وسایلم از اتاق برد بیرون؛ روی پشت‌بام. من نفهمیدم چند ساعت اونجا بودم.

- (صدای زن صاحب مسافرخونه) خانم ماریا! خانم ماریا!

- بله بله؟ بیاید پایین. رفتند.

اسم مرا از کجا می‌داند؟ آمدم پایین.

- رفتن؟

- بله. آقای سهراب را هم بردند.

- چی؟

- بله بردند.

- من، من.

- ناراحت نباشید. شما را به ما سپرد و ودیعه آن را هم داده.

- خدای من! یعنی چی شده؟ کیا او را بردند؟ شاید اتفاقی که نباید بیفته؛ افتاده. تشکر کردم.

- باز گفت: «راستی، چمدونش رو نبرده. تو انباری گذاشتیم. در ضمن داستان شما را هم به آقا ناصر گفته».

- وای چمدون.

کمی نشستم. در زدند. از جا پریدم.

- منم.

صاحب مسافرخانه بود. برام صبحانه آوردم بود.

- ممنونم. کی اشتها داره؟

اون روز را سر کردم. چند روزی گذشت. تصمیم گرفتم سری به مادر و پدرم بزنم. ازاین‌رو ساکم رو بستم و راهی شدم. از صاحب مسافرخونه خداحافظی کردم. برای ردگم‌کنی، ساکم رو هم به آن‌ها سپردم که روی چمدون سهراب تو انباری بگذارند.

روبین از خواب بیدار شده؛ خواب که نه، خواب‌وبیداری. معلوم نبود او هم داشت چه فیلمی رو می‌دید.

ناگهان کسی وارد کوپه شد. تا به خودمان بیایم؛ اسلحه‌ای رو که در دستش بود؛ روی سر من گذاشت. به روبین اشاره کرد؛ سکوت کنه. بچه‌ها هم بیدار نشن. شلوغ نکنه. چسب بزرگی که دستش بود به روبین داد تا روی دهان هر دومان بزند. بعد اشاره کرد؛ دست و پای مرا با چسب ببندد. همه این‌ها چند دقیقه طول کشید. وقتی خیالش از من راحت شد؛ با چسب، دست و پای روبین را هم بست. اسلحه رو کنار گذاشت. نشست. اول پرده قطار رو چک کرد. لطفاً مزاحم نشوید را پشت پنجره قرار داد. مانده بودم. اول فک کردم اشتباهی آمده؛ ولی رو به من کرد.

- آهسته. ببینم چمدون کجاست؟

تعجبم بیشتر شد! این دیگه از کجا پیداش شد؟

- باز پرسید؛ چمدان کجاست؟

- با سر اشاره کردم نمی‌دونم.

- نمی‌دونی؟ فیلم‌های سالن رو چک کردیم. با خودت آورده بودی.

خدای من! مثل اینکه خبرایی بود و من نمی‌دونستم. بعد رو کرد به روبین.

- ببینم؛ چرا تو این کوپه هستی؟

- روبین نگاهی به من کرد. با اشاره از مرد مسلح خواست دهانش را باز کند؛ تا جواب بدهد. مرد دهان روبین را باز کرد و با اسلحه تهدیدش کرد که داد نزند. روبین قول داد و در ادامه، داستان این را که چرا در این کوپه هست؛ گفت و داستان دزدیدن چمدان را که به چه صورت آن‌ها را خواب کردند و بعد بردند.

مرد سارق:

- این بچه‌ها مال خودت هستند؟

روبین:

- برای چی می‌پرسی؟

- تو جواب بده.

- نه.

- خودت چند سال داری؟

- بیست سال.

- این بچه‌ها مال کیه؟

- باید توضیح بدم؟

- گفتم سؤال می‌کنم؛ جواب بده.

- راستش می‌دونم مال کیه؛ اما چه ربطی داره.

- جون بکن بگو. اینجا من می‌گم ربط داره یا نداره. زود بگو.

- نوه‌های صاحب‌کارم هستند.

- برای چی دست تو هستند؟

- واقعیت اینه، صاحب‌کار من، پدربزرگ این بچه‌ها، هیچ دوست ندارد نوه‌هایش دست خانواده مادری‌اش باشند. من یکی از خدمتکارای ایشون هستم.

خدایا! این کیه؟ به چمدون من کار داره، به این پسر هم کار داره؟ نمی‌دونم؛ دستم باز بود؛ یک نیشگون از خودم می‌گرفتم تا واقعیت را بفهمم. هرچه دارم فکر می‌کنم؛ نمی‌فهمم دنبال چی هست؟ به من نگاه کرد.

- چند ساله که دنبال این چمدون هستم؛ بالاخره پیدات کردم. بدجوری روی مخ من بودی.

رو مخش بودم؟ روی لبم چسب بود. نمی‌تونستم حرف بزنم.

- تقلا نکن. این‌طور که معلومه از ما جلوتر هم بودند. دیر رسیدیم. ببینم؛ کی چمدون را بردند؟

روبین:

- فک کنم قبل از ایستگاه سوم بود.

- پس هرکی هست؛ الآن با چمدون تو همین قطاره. پیداش می‌کنم و برمی‌گردم؛ اما هیچ حرفی به کسی نمی‌زنید؛ وگرنه خودتون می‌دونید.

آهسته رفت. فقط روبین چسب روی دهانش نبود. یکی از بچه‌ها بیدار شده بود. از ترس خودش رو خیس کرده بود. روبین متوجه‌اش شد. خواهش کرد دستش رو باز کنه. با هزار بدبختی دست روبین باز شد و بعد دست من و پاهای هر دویمان. طفلک بچه می‌لرزید. روبین بغلش کرد. شلوارش رو عوض کرد تا آرام بشه. کم‌کم خوابید. قطار همچنان می‌رفت و ما مات، همدیگر را نگاه می‌کردیم. گیج شده بودم. داستان چمدون. وای چند نفر دنبالش بودند؛ من بی‌خبر.

برای اینکه بدونم موضوع چیه، رفتم بلیط قطار گرفتم. راهی خانه پدری شدم. بالاخره با ماشین کرایه به دهمان رسیدم. نزدیک در خانه شدم. وای چه اتفاقی افتاده؟ خونه‌مون خراب شده بود. مادرم، پدرم! خدایا چه اتفاقی افتاده؟ زلزله آمده، اونم فقط خانه ما را خراب کرده؟ زن همسایه مرا دید. تف، لعن و نفرین کرد و رفت. یعنی چه؟ ایستادم. از کی بپرسم؟ تا اینکه مش حسین رو دیدم. سلام کردم. با سردی جواب سلامم را داد. خواست بره؛ خواهش کردم بماند.

- سؤال کردم چی شده؟ پدرم، مادرم؟

جلو آمد. راستی دنبال آن‌ها هستی؛ بعد از اون ننگی که به بار آوردی؟

- ننگ!؟

- بله. معشوقه پسر کَرم خان بودی و بعدشم اون رو کشاندی شهر. خجالت بکش. پدر سیما خانم، عروس کَرم خان، خونه پدر و مادرت رو خراب کرد. آن‌ها را شبانه بیرون کرد. معلوم نیست کجا هستند. برو خجالت بکش.

- از شدت ناراحتی روی زمین نشستم. مادر و پدر بیچاره‌ی من. کجا سراغشون رو بگیرم؟ از کی؟ راهی خانه کَرم خان شدم. وقتی رسیدم؛ متوجه شدم خانه ییلاقی رو ترک کردند و کسی خانه نبود. سرم گیج می‌رفت. حال تهوع داشتم. تشنه و گرسنه، دور خودم می‌چرخیدم. زمانی نگذشته! چه شد زندگی من؟ هرچه گشتم؛ خبری نه از پدر، مادرم و نه سهراب بود. نه. مجبور شدم برگردم. دوباره پیگیر شوم. جای خواب نداشتم. خودم رو به ایستگاه ماشین کرایه‌ای رساندم. از شانسم، نمی‌دونم از چی، پسر رفعت خانم، همسایه‌مان را دیدم. راننده ماشین بود. سوار شدم. با گریه جویای پدر و مادرم شدم. لبخند تلخی زد. ای بابا! یک عمو داشتیم که دخترش آواره‌اش کرد.

- گفتم تو رو خدا، بگو کجا رفتن؟

- پدرت به همه قسم داد که اگر بچه‌ی من، سراغ ما را گرفت؛ بگویید مرده‌اند. مرده رفت.

- چی؟ پدرم؟ باورم نمی‌شه.

- بله اینو گفت.

وای سهراب! با من چه کردی؟ با خودت چه کردی؟ فلج شدم. با اشک و بغض خواستم من رو به ایستگاه راه‌آهن ببره. با چه مکافاتی بلیط گرفتم. بالاخره رسیدم تهران و مسافرخانه. از بخت بدم؛ گویا من نبودم به سراغ من هم آمده بودند. کلی همه‌جا را به هم ریخته بودند. اون روز به این فکر نکردم که دنبال من نبودند؛ بلکه دنبال چمدانی بودند که سهراب با خودش آورده بود؛ ولی سهراب که می‌گفت کسی غیر از خودش و پدرش چیزی نمی‌داند؛ ولی امروز مطمئن شدم که برای همین چمدون آمده بودند.

از قضا، شانس سهراب، صاحب مسافرخانه به علت تعمیرات، تمام وسایلی را که داخل انبار بود؛ منتقل کرده بود به جای دیگر، ازجمله چمدان را. برای همین دست از پا درازتر برگشته بودند و باز از شانس من، من هم نبودم. بیچاره صاحب مسافرخونه که کم‌وبیش از راز زندگی سهراب با خبر بود. کشیک من رو می‌کشید تا در برگشت گیر آن‌ها نیفتم. به‌خاطر همین، من رو از مسافرخانه، به خانه یکی از اقوامش برد تا اوضاع روبه‌راه شود. مدتی در خانه آن‌ها، بی‌خبر از همه‌جا بودم که فهمیدم حامله هستم؛ یعنی بچه مشترکی بین من و سهراب. مانده بودم چیکار کنم؛ توی این اوضاع خوشحال باشم یا ناراحت. بیچاره اشرف خانم لطف کرد؛ من رو به خانه‌شان برد؛ ولی باز نگران بود. می‌گفت تحت‌نظر هستند. در همسایگی‌شان پیرزنی تنها زندگی می‌کرد؛ گویا تک‌فرزندش در کشور آلمان زندگی می‌کند. راستش تعجب کردم؛

تک‌فرزند و مادر تنها؟ به‌هرحال اشرف خانم مرا به‌عنوان خدمه به خانه ایشان برد و در تماسی که با پسر کوکب خانم، همان پیرزن تنها داشت؛ او هم موافقت کرد که من آنجا شبانه‌روزی کار کنم و حقوقی دریافت کنم. من خوشحال، نقل‌مکان کردم. به صورتی‌که شناخته نشوم؛ به خانه آن زن رفتم. با آن حالی که داشتم. اوایل حاملگی‌ام بود. یادمه چه لباس‌هایی که به من می‌دادند. کوکب خانم می‌گفت: «این لباس وقتی حامله بودم پارچه‌شو از بازار خریدم. با اون شکم‌گنده پای چرخ نشستم و این رو دوختم». قشنگ بود. پر از گل‌های سرخ. خلاصه شلوغ و پلوغ بود. ولی من می‌پوشیدم. چاره‌ای نداشتم.

هر روز خونه را تمیز می‌کردم؛ ظرف و لباس را می‌شستم. کوکب خانم دلش نمی‌آمد من کار کنم. به‌سختی سخن می‌گفت. خوب یادمه هر روز برای من دعا می‌کرد که سلامت باشم. خوشحال بود. هرچی داشت؛ می‌خواست به من بده، ازجمله یک کلاه بافتنی سرمه‌ای بچگانه. اشاره کرد که خودش بافته با چه عشقی برای تک فرزندش. به من داد. می‌گفت: «خوبه، کودکت اینجا به دنیا می‌آد. حس عجیبی بهش دارم. دنیای خونه عوض می‌شه». این حرف‌ها رو به‌سختی می‌گفت. می‌خندید و دست می‌زد. پشتش گریه. منم داشتم مادر می‌شدم؛ اما فراق فرزند، آن هم راه دور، سخته. دستمال می‌آوردم؛ اشک‌هاش رو پاک می‌کردم؛ نوازشش می‌کردم.

با خودم می‌گفتم: «مادر، پدرم زنده‌اند؟ چطور روزگار دوری را تحمل می‌کنند؟ یعنی من آن‌قدر خطاکار بودم و بی‌حرمتی کردم که آن‌ها مرا عاق کردن و حتی سراغی از من نگرفتن؟ کجایید عزیزانم! کجایید؟ من خطا نکردم؛ بی‌حرمتی نکردم. من زن سهراب شدم. کاشکی فرصتی می‌دادید تا من از خودم دفاع کنم و یا لااقل قصه را گوش می‌دادید». به خودم می‌آمدم که دستی گرم، مرا دربرمی‌گرفت. با

نوازشش، همه حرف‌های محبت‌آمیزش را می‌شنیدم؛ ولی زمانِ بودن او با من تمام شده بود.

دیری نگذشت که فرشته خوبی‌ها از دنیا رفت و باز من ماندم؛ این بار با کودکی در شکم. بماند، آقای ستوده لطف کردند و برای من مبلغی فرستادن تا با آن بتوانم اتاق و جایی را برای خودم داشته باشم؛ ولی نشد. کفاف نمی‌داد. گویا از خرج و مخارج ایران بی‌اطلاع بود. هر روز به زایمانم نزدیک‌تر می‌شدم. خانه کوکب خانم را فروختند. من دوباره به خانه اشرف خانم نقل‌مکان کردم. این‌طور که ناصرخان می‌گفت؛ فعلاً آن‌ها ناامید شده بودن؛ هم از من و هم از چمدان.

روزها با کودکی که هنوز به دنیا نیامده بود و نمی‌دانستم که جنسیتش چی هست؛ البته هرچه بود برایم گوارا بود. نیمه‌ای از سهراب، براش از عشق می‌گفتم؛ از اینکه با دیدن پدرش روزگارم عوض شد و همه‌چیز دست‌به‌دست داد؛ مرا از مادر و پدر جدا کرد. بهش قول دادم بعد از به دنیا آمدنش، دنبالشان می‌گردم و ازشان بخشش می‌خواهم. داستان عشقم، ازدواج با سهراب را خواهم گفت. من خلاف نکردم. ما را به خلاف معرفی کردن. گاهی آن‌چنان بلند براش می‌گفتم؛ اشرف خانم به من گفت: «چی می‌گی؟ برای بچه‌ای که به دنیا نیامده درد و دل می‌کنی؟» خندیدم: «آره درد دل». اشرف خانم با مهربانی: «خدا عاقبتتون رو بخیر کنه». همون روز عمو ناصر آمد خونه. اشاره به اشرف خانم کرد و رفتن بیرون. از ترس داشتم می‌مردم. یعنی چی شده؟ در اتاق که باز شد؛ وای خدای من! ننوی بچه و لوازم. هر دو خوشحال بودند.

آن روز گذشت و بعدها عمو ناصر، داستان اینکه چرا بچه‌دار نشدن را تعریف کرد. گویا اشرف خانم نمی‌تونسته بچه‌دار بشه. در چندماهگی بچه از بین می‌رفته. حالا

فهمیدم که اون روز، وسایل بچه‌هایی را که از دست دادن، برای من آورده بودند. گویا دیگه ناامید شده بودند. کم‌کم سنگین‌وزن‌تر شدم، به روزهای زایمان نزدیک؛ هم خجالت می‌کشیدم؛ هم چاره‌ای نداشتم. پناه من شده بودند و کم برای من نمی‌گذاشتن. فصل زمستان شروع شده بود. ماه سوم زمستان، اسفند، شب برای خواب رفتم. احساس درد، نیمه‌های شب، من رو بیدار کرد که از درد فریاد می‌زدم به بیمارستان رساندند؛ فقط می‌خواستم از درد رها بشم و تنها امیدم را در آغوش بگیرم. دست تقدیر برای من سرنوشت دیگری رقم زده بود. وقتی به هوش آمدم؛ سراغ بچه‌ام را گرفتم. اشرف خانم گریه می‌کرد. پرسیدم چی شده؟ بچه‌ام سالمه؟ باز گریه؟ بلند شدم حرکت کنم. جلوی من رو گرفت. متأسفانه بچه دزدیده شده. صدایی می‌گفت: «دزد! دزد!»

- خانم ماریا! خانم ماریا! دزد کدومه؟

به خودم آمدم. توی قطار بودم. فوری گفتم:

- هیچی، هیچی. خواب می‌دیدم.

البته واقعیتی را می‌دیدم. روبین فقط نگاهم کرد. چشمم را بستم.

- لااقل یکی بگه بچه‌ام سلامت بود؟ دختر بود یا پسر؟

اشرف خانم با همان گریه گفت:

- سلامت. ماشالله چهار کیلو پسر قوی با چشمان روشن و موهای بور.

- وای!

فریاد زدم:

- سهراب بوده. نمونه‌ای از او بوده. اصلاً خودش بوده.

بیهوش شدم. به‌خاطر درد زودرَس بارداری، سزارین شده بودم. به هوش می‌آمدم؛ فریاد می‌زدم؛ دوباره به من آرام‌بخش می‌زدند و من آرام می‌گرفتم. خدایا با من چه می‌کنی؟ چه امتحانی؟ سزای کارم را که با پدر و مادرم کردم می‌دهی؟ من، که، خدای من، تو که شاهدی چه کردم. پسرم سهراب من!

در هر صورت ترخیص شدم و راهیِ خانه‌ی یکی از آشنایان ناصرخان. چون اعتقاد داشت؛ آن‌هایی که سهراب را کتف بسته برده بودند؛ بچه را هم بردند و دنبال تو هم هستند؛ به‌خاطر چمدان. فریاد زدم چمدان را می‌دهم. اگر یافتن پسرم در کار نبود؛ خودکشی می‌کردم. چه زندگی‌ای! چه زندگی شد. کاش ظرف آبم را برده بودم. کجاست پسرم؟ زیردست کدام نامادری بزرگ می‌شود؟ اصلاً الان زنده است؟ اصلاً کسانی که من دوستشان دارم کجایند؟ زنده هستند؟ خدایا به من نیرویی بده تا با قدرت عشق، آن‌ها را سالم پیدا کنم.

از عمو ناصر، بعد از آن روز کذایی دزدیدن پسرم پرسیدم؛ موضوع چمدان را از کجا اصغر آقا، دوستتان، می‌دونست؟ عمو خندید: «مطمئن باش اتفاقاً براش جای امنی پیدا کرده. امشب می‌بریمش آنجا». تقریباً سرپا شده بودم؛ نه فرزندی، نه خانواده‌ای. به اشرف خانم گفتم: «باید از اینجا بروم». پرسید: «کجا؟» گفتم: «برای ساختن خودم و پیگیری از خانواده گم شده‌ام. می‌دانم همه آن‌ها زیر سر کسی است که دختر روانی‌اش را به زور به سهراب داد. باید تلاش کنم». دیگه اشرف خانم و عمو ناصر صداشون می‌زدم. آن‌ها مرا بدرقه کردن. عمو ناصر در گوشم آهسته گفت: «امانتی که داری محفوظ است. سراغش رو اگر من نبودم؛ از اشرف بگیر. برو به سلامت». و من رفتم خانه دوستی که با او مکاتبه داشتم. همکلاسیم بود. به او

رسیدم. از دیدن من پریشان‌حال شد: «تو! تویی؟ ماریا». گفتم: «منم با کوله‌باری از غم و تنهایی و در آخر، ندیدن کودکم و دزدیدن او». مرا در آغوش گرفت و هر دو، های‌های گریستیم.

صدای گریه بچه در کوپه بیشتر مرا گریاند.

روبین بلند شده بود و او را آرام می‌کرد. یعنی پسر من در پنج سالگی، این قدی بوده؟ چقدر دلم هوس بودن با او را می‌کرد. کاش چهره‌اش را دیده بودم. کدام بی‌وجدانی بود که مادر را از فرزند جدا کرد؟ گرفتن عشقم کافی نبود؛ پاره وجودم که نیمی از عشقم و خود کامل عشق بود را، از من گرفتن. گویا عشق را بر من روا نمی‌دانستن.

دوست خوبم به من کمک کرد تا در فروشگاه یکی از آشنایانش کار کنم و مشغول باشم؛ در ضمن برای خودم سرنوشت دیگری بسازم؛ ولی نمی‌دانست سرنوشت مرا دزدیدند؛ باید پی آن باشم. شبانه‌روز کار کردم؛ جاهای مختلف، مکان‌های دور از خانه‌ام، هم‌خانه شدن با دختران و زنان بی‌پناه مثل خودم. پروین، دوست خوبم، به من مژده داد در شرکتی که مشغول به کار است؛ گویا در قسمت بایگانی‌اش احتیاج به نیرو داردند. او مرا معرفی کرده. با سابقه‌ی خوبی که در آن شرکت داشت؛ قبول کردند. با درآمد ماهیانه‌ای که برام در نظر گرفتن؛ من توانستم برای خودم آپارتمان کوچکی اجاره کنم. رفتم آنجا. اولین شبی که در آن خانه بودم؛ با آن وسایل که پروین برایم جور کرده بود؛ گاز سه شعله و یخچال پنج فوت کهنه و لوازم دیگر، وقتی تو اون رختخوابی که از پروین گرفته بودم؛ خوابیدم؛ کاخ در برابرش هیچ بود؛ هیچ.

صبح زود از خواب بیدار شدم. کمی تا به خودم بیام طول کشید. در اینجا هستم. یادم آمد. خوشحال بلند شدم. مزاحم کسی نبودم. دلواپسی نداشتم. دست و صورتم

رو شستم. برای خودم کتری روحی قراضه را آب کردم؛ روی گاز گذاشتم. چای دم کردم با نون بربری که برای اولین بار برای خودم خریده بودم؛ خوردم. پول آن‌چنانی نداشتم. یادمه هر دفعه عمو ناصر از در خانه می‌آمد تو، دستش پر بود. درسته همه‌اش برای من نبود؛ ولی دستم تو جیب خودم هم بود. خیلی وقت‌ها وقتی با اشرف خانم برای خرید می‌رفتیم؛ هوس چیزی می‌کردم؛ اما به روی خودم نمی‌آوردم. توی دلم می‌گفتم: «دختر ساکت. هوس چیه؟ فراموش کن». اشرف خانم در دوران بارداری من، کلی چیزای **نوبرونه** می‌خرید؛ برام غذا درست می‌کرد. خدا بهش سلامتی بده. راست می‌گن:

خدا گر ببند ز حکمت دری   به رحمت گشاید در دیگری

درِ خونه عمو ناصر را برام باز کرد. به خودم آمدم؛ دختر کجا رفتی؛ برگرد کار زیاد داری. باید خودت رو بسازی.

بسوزی. بله بسوزم. سوختنم آن زمان بود که هنوز شیر داشتم؛ ولی کودکم را دزدیده بودند. مانده بودم. خدایا از کجا شروع کنم؟ به کی اعتماد کنم؟ سخت در بندم؛ اما ناامید نیستم. گریه‌هامو کردم. فریادهامو کشیدم. کابوس نامادری برای پسرم رو دیدم. راستش به این عمر، کم‌عمر نوح کردم در گرفتاری‌هایی که نمی‌دانم چی و چه‌جوری پشت سر هم برام می‌شه؛ گاهی فکر می‌کنم؛ اصلاً چرا تن به ازدواج با سهراب دادم؟ ولی باز برمی‌گردم. چراها تموم‌شدنی نیستند امروز و راه چاره، پیدا کردن عشقه، عشق. هرچه بود و شد؛ تقصیر تو بود که با منطق، آبتون توی یک جوب نمی‌ره.

صبحانه خوردم. امروز زود برم؛ رئیس از مسافرت آمده و اولین بار است من رو می‌بینه. پروین می‌گفت: «با اعتمادبه‌نفس برخورد کن. اگر مدرکت رو پرسید؛ بگو

به علت مشکلات خانوادگی، هنوز نگرفتم؛ ولی تصمیم دارم، هم ادامه بدهم؛ هم مدرکش رو بگیرم». لباس منظمی را که از پروین گرفته بودم؛ پوشیدم. شالم رو سرم کردم. موهام رو بافتم. به یک‌طرف نگاهی به خودم کردم؛ البته توی شیشه پنجره اتاقم. آیینه نداشتم. آخ! برم که فرصت این حرفا نیست؛ اولین روز ملاقات با جناب رئیس.

متصدی قطار آمد پشت در کوپه، با کلیدش به پنجره کوپه زد. پرسید اتفاقی افتاده؟ روبین بلند شد. پرده رو کنار زد. در رو باز کرد.

- سلام. نه، اتفاقی نیفتاده. بچه‌ها خواب بودند. ترسیدم کسی بیاد.

- مثلاً کی؟

- منظورم اینه که کسی مزاحم نشه.

- من که نمی‌فهمم چی می‌گی. ببینم خانم ماریا! لطفاً پرده رو نکشید.

- چرا؟ همه رد بشن ما رو ببینند.

بیچاره می‌خواست غیرمستقیم به ما بگه اوضاع جالب نیست. گویا یک راهزن آمده داخل قطار. برای اینکه خیالش جمع باشه، گفتم چشم و او رفت.

روبین گفت:

- شاید بهتر بود می‌گفتیم.

- یعنی چی؟ مگه ندیدی اسلحه داشت؟ حتماً خود مأمورای قطار پی بردند. می‌شنوی متصدی به همه کوپه‌ها داره این تذکر رو می‌ده.

نگاه روبین به من خیلی مشکوک شده بود. موضوع چمدان دزدیدن، آمدن مرد مسلح، حق داشت. می‌خواست از من سؤال کنه؛ بپرسه بابا اینجا چه خبره؟ یک‌مرتبه قطار ترمز کرد. همهمه. چی شد این موقع شب؟ هنوز به ایستگاه نرسیدیم. کی ترمز قطار را کشید؟ چرا ایستاد؟ برق قطار قطع شد. صدای همه بلند شد. بابا شورش رو درآوردید؛ قطار نیست، تگزاسه. فقط من و روبین، بچه‌ها را بغل کرده بودیم و آن‌ها از ترس می‌لرزیدن. برق قطار آمد و لحظه‌ای بعد قطار حرکت کرد.

روبین:

- چه سفر پر ماجرایی شده.

- تابه‌حال سفر رفتی؟

- بله، ولی نه با مسئولیت بچه.

- می‌گذره.

به شرکت رسیدم. از هولم زود رفته بودم. آقای زنجانی، آبدارچی شرکت، من رو دید. خندید.

- دخترم چقدر زود آمدی؟»

گفتم به‌خاطر...

- نه بابا! آقای رئیس مرد مهربانیه. درسته نظمش زیاده؛ ولی بامنطقه و بااحساس.

پیش خودم گفتم؛ درحالی‌که همه‌چیز درهمه. در قسمت بایگانی، جایی که باید کارم خیلی بادقت باشه. با شنیدن حرف آقای زنجانی، استرسم هم بیشتر شد. وسواسم با اینکه در نظم کم نداشتم و خیلی هم برام جدیه. یاد حرف پروین افتادم.

گفت: «باید قسمت بایگانی بری. تو نظمت خوبه». پس این‌جوری بود. آن‌قدر مشغول بودم که نفهمیدم چقدر گذشت. یک‌مرتبه صدایی مرا به خود آورد. پس شمایید کارمند جدید. به دفتر ما خوش آمدید. می‌بینم هنوز نیامده، نظم خوبی به فایل‌ها دادی؛ دسته‌بندی کردی. از همه مهم‌تر، ما رو از درگیری با اتاق بایگانی نجات دادی. تو دلم شما که نبودید فوری انگار حرف دل من رو خواند. البته من نبودم؛ ولی گزارش کارها را موبه‌مو خانم پروین صابری به من داد. گویا با هم در یک دانشگاه درس می‌خوانید. درسته؟

- بله. پس چرا؟

- مدرکم رو قول می‌دم بگیرم. به علت مسائل خانوادگی نشد.

- من که چیزی نگفتم.

- خب گفتم که دیگه راحت باشید.

- راحت از چی؟ (خندید)

خدایا چی بگم؟ از سؤال کردن انگار فهمید من هول شدم.

- بسیارخوب. به کارهاتون برسید. در ضمن، قبلاً هر سؤالی داشتیم؛ شما توی فرم استخدامی پر کردید.

- (زیر لب) خب اینو از اول می‌گفتی، والله.

- شما اجازه ندادید.

و رفت.

عصر پروین رو دیدم. همه‌اش می‌خندید.

- کوفت. چرا می‌خندی؟

- تابه‌حال رئیس را ندیده بودم که بخندد! امروز هر دفعه من رو می‌دید؛ می‌خندید.

- خب به من چه؟

- همه‌اش زیر سر تو است.

- من!؟

- بله با اون نطقی که کردی. راستی خدا بگم چیکارت کنه. چرا گفتی ماریا جان؟ گفتم اگر پرسید؛ نه اینکه خودسر بگی؛ ولی از کارت راضیه. مبارک باشه.

چند ماهی گذشت. برای خودم استادی شده بودم. درسم رو می‌خواندم؛ کار می‌کردم. در ضمن تحقیق هم می‌کردم تا اینکه تو شرکت، عمو ناصر رو دیدم. خیلی جا خورد. بعد از تعارفات احوال‌پرسی:

- نمی‌دونستم اینجا کار می‌کنی.

- آخه فرصت نشد. به‌خاطر همون موضوع هم، جرئت ندارم پیش شما، به‌خصوص اشرف خانم بیام. حالش چطوره؟

- خوبه. پس مشغول شدی. چه کار خوبی کردی. ببینم؛ می‌دونستی ...

در این هنگام آقای رئیس از اتاقش بیرون آمد. با دیدن عمو ناصر به طرفش آمد و خواست که به اتاقش برود. به من هم اشاره کرد برای بردن پرونده به اتاقش بروم. همگی رفتیم. عمو ناصر رو به من کرد و پرسید:

- می‌دونستی که آقا بیژن پسر کیه؟

- نه (با تعجب)

- کوکب خانم. روحش شاد.

- یعنی پسر ایشون هستند آقای رئیس؟

وارد بحث شد.

- چی میگی ناصرخان؟

- عمو ناصر گفت؛ مثل اینکه نمی‌دونی این دختر کیه.

- خب کی هستند؟

- دختری که مدتی پیش مادر شما بودند.

- ای بابا! چه تصادفی. بله، بله یادمه. راستی پس بچه کو؟

نمی‌دونستم چی بگم. تشکر کنم از لطف و محبتشون. عمو ناصر به دادم رسید.

- راستش این دختر گیر بد آدمایی افتاده بود. بچه‌اش رو قبل از اینکه ببینه، دزدیدن.

آقای رئیس، آب تو گلوش ماند. سرفه. من دیگه پرونده رو برداشتم. با اجازه به اتاقم آمدم. باز انگار همان روز بیمارستان بود. پروین برای کاری آمد دفتر من.

- ببینم چی شده باز؟

- هیچی.

داستان رو براش گفتم.

- عجب دنیای کوچکیه.

- آره. ولی در این دنیا عزیزان من نیستند.

- صبر کن.

- باشه.

از پروین به‌خاطر اینکه مرا برای کار به این شرکت معرفی کرده بود؛ تشکر کردم. بعد از آن همه کارهای سختی که کرده بودم؛ اینجا جای امنی بود برام.

- این حرفا چیه؟ خوشحالم که راضی هستی؛ اما برات بگم، خود آقای ستوده، رئیسمون هم در جوانی عاشق دختری بوده، سخت. ولی اون رو از دست میده. می‌گن یک رگ روسی داره.

رگ روسی دختری که می‌خواسته، افکارم رو به هم ریخت. پروین هم به اتاق کار خودش رفت. اون روز آمدم خونه. دائماً توی سرم صدای پروین بود: «یک رگ روسی داره؛ دختری که دوست داشت و ازش گرفتن». باز اون شب صبح نمی‌شد. اگر می‌شد؛ خیلی دیر.

با پروین حرف زدم. گفتم: «اشکالی نداره سؤال خصوصی بپرسم؟» پروین اول سربه‌سرم گذاشت: «ناقلا چی می‌خواهی بپرسی؟» گفتم: «بعداً برات می‌گم. شوخی نکن. می‌شه یا نمی‌شه؟» گفت: «چرا نشه؟ بپرس». رسیدم شرکت. هنوز جابه‌جا نشده بودم. تلفن داخلی، منشی: «لطفاً به اتاق آقای رئیس بروید». چه بهانه خوبی! به اتاقشان رفتم. درباره پرونده‌ای که گم شده بود با من حرف زد، تا آن را از بایگانی پیدا کنم. مشخصات را گرفتم. آمدم بیام بیرون. دل به دریا زدم. مگه نه اینکه من باید هر سرنخی را دنبال کنم؟ برگشتم.

- ببخشید باز مزاحمتان می‌شوم.

- بفرمایید. چه مزاحمتی.

- یک سؤال، البته خارج از کار از شما داشتم.

- بپرسید. سراپا گوشم.

- البته خصوصیه. می‌بخشید.

- خصوصی از چه بابت؟

- فقط یک سؤال است. البته شما اگر دوست داشتید؛ جواب بدهید و اگر نه مرا ببخشید.

- (نشست روبه‌روی من) بگو.

- می‌تونم بپرسم؟

- هیچ مشکلی نیست .

- (با عجله شروع کردم. یادمه چشم‌هایم را هم بسته بودم) شنیدم در گذشته دختری رو دوست داشتید؟

- چطور؟ مادرم چیزی گفته؟

- نه، اصلاً. فقط شما بگید اسمشون چیه؟ همین.

- اسمشون رو برای چی می‌خواهی بدونی؟

سکوت کرد. احساس کردم نمی‌خواهد بگوید. عذرخواهی کردم. آمدم بیرون. بدو رفتم دستشویی تا صورتم را با آب سرد بشویم. در برگشت به اتاقم، در کمال حیرت، جناب رئیس توی اتاق من بود. وای چه کنم! رفتم تو.

- ببخشید چیزی شده؟

- نخیر. آمدم اسمشو بگم.

- ببخشید جسارت کردم.

- نه، اسمش رودابه بود.

خودکار از دستم افتاد زمین. هول شدم. خدای من! خودشه، پدر سهراب!

- چی شد خانم. حالتون خوبه؟ چرا به هم ریختید؟

- بله، بله خوبم، خوب.

صدای روبین هم قاطی شد.

- شما خوبید؟

چشمم رو باز کردم.

- خوبم، خوب. چیزی نیست.

- نگران شما هستم. چرا همه‌اش در حال خواب هستید؟ می‌تونم کمکتان کنم یا نه؟

- در مسیر خاطرات زندگیم هستم. مروری می‌کنم. جای نگرانی نیست.

- آهان. ببخشید. خیالم راحت شد.

- به ایستگاه رسیدیم، من رو خبر کن.

رودابه. مگه می‌شه؟ یک رگ روسی داره. از عشقش جدا کردند. اسم کسی رو که دوست داشته یا داره رودابه است. نشستم روی صندلی. مثل پازل آنچه را شنیدم؛ کنار هم گذاشتم. یک پا کاراگاه شدم برای خودم.

- می‌تونم با شما حرف بزنم؟

- البته. چیز خاصیه؟

- بله، من رودابه خانم را می‌شناسم. خیلی سال پیش ایشون را دیده بودم.

نگاهی به من کرد. با استرس و عجولانه رو به من کرد. پیشنهاد داد که زود حاضر شوم تا با هم به جایی برویم.

ترسیدم. به کجا برویم؟ بدون اینکه چیزی بپرسم؛ گفتم چشم.

به منشی اطلاع داد؛ برای ساعتی به‌اتفاق خانم ماریا بیرون می‌رویم. رفتیم رستوران. خدایا! چرا اینجا تو رستوران نشستیم؟ مِنو را آوردند. از خجالتم سوپ سفارش دادم تا راحت بخورم. مستقیم درحالی‌که به چشم‌های من خیره شده بود؛ پرسید خب تعریف کنید. کی دیدید؟ کجا؟ کمی مکث کردم. داستان دیدنش توی یک سوله را که تقریباً دور از شهر بود؛ گفتم.

- شماااا؟!! اونجا چیکار داشتید؟ برای چی اونجا؟!

مجبور شدم داستان آشنایی خودم و بعد عشقی را که بین من و سهراب برقرار شد؛ براش تعریف کنم. با شنیدن داستان فقط گفت درک می‌کنم و زد روی دستش. خودمم چند سال پیش، شاید نزدیک به سه سال پیش، رودابه را دیدم.

- شما را دید؟

- البته، ولی هیچ عکس‌العملی نشان نداد!

- حتماً نمی‌توانسته.

- اینم می‌تونه باشه؛ اما فردای آن روز، از شرکت که بیرون آمدم؛ جوانی با عصبانیت به طرف من آمد. بی‌مقدمه، با خشونت به من گفت: «دیگه نبینم دور و بر مادر من بگردی». تعجب کردم. پرسیدم: «کدام مادر؟» با دستش زیر چانه مرا گرفت. تقریباً از مکان دور شدیم. گفت: «همون که پدرم داغش رو به دلت گذاشت». «پدرت؟» «بله پدرم». دست به یقه شدیم. سخت به هم تاختیم.

در آن موقع یاد نبرد سهراب با رستم افتادم. خدایا! چه تکراری. افراسیاب حالا کَرَم خان. پرسیدم:

- چی شد آخرش؟

- گفت بدجوری زمین خورد و آمدن بردنش.

- با شما هم کاری نداشتن؟

- نه، چون منم زخمی شده بودم. آخه جوان بود و پرقدرت.

- راستش یک سؤال دیگه، شرمنده، دیگه خیلی خصوصیه.

- بپرسید. گفتم که هر سوالی دارید؛ بفرمایید.

- شما رو در چه سالی، چه ماهی از رودابه جدا کردند. ببخشید از خانم رودابه.

- راحت باش. برای چی می‌پرسی؟

- خیلی‌مهمه سال و ماهش.

گفت.

چون شناسنامه سهراب را داشتم؛ به‌خاطر عقدمان تو محضر به من داده بود؛ حساب سرانگشتی کردم. یک‌دفعه با خوشحالی گفتم؛ پس هفت‌ماهه به دنیا نیامده.

- چی می‌گی؟ کی هفت‌ماهه به دنیا نیامده؟

- سهراب را می‌گم؟

- چه ربطی داره؟

- ربط داره. یک سؤال دیگه.

- وای! شما من رو مثل اتاق بایگانی کردید. با نظم و ترتیب سؤال می‌پرسید. یادت باشه دیگه اجازه نگیر. هر سؤالی داشتی بپرس.

- آخه این سؤالم ...

- گفتم بگو.

- (همچنان‌که سرم پایین بود؛ با خجالت پرسیدم) شما با خانم رودابه مراوده داشتید؟ منظورم ...

- بله فهمیدم. بله، چون اون رو همسر خودم می‌دونستم.

- خب راجع‌به چیز خاصی از این رابطه با شما حرف نزد؟

- چیز خاص؟ مثلاً؟

- مثلاً...

- بله، یادمه گفت یک خبر خوب بهت می‌دم.

- خبرخوب این بود؛ ایشون از شما حامله بود.

- حامله؟! ولی چیزی از این، یعنی از باردار‌بودنش به من نگفت.

- حتما فرصت نشده.

- یعنی چی؟ نمی‌فهمم. پس بچه رو چیکار کرد؟

- معلومه. این‌طور که سهراب از مادرش شنیده، کَرَم خان وانمود می‌کنه نمی‌دونه؛ برای همین ...

- زود بگو برای چی؟ چطوری نفهمیده؟ نمی‌فهمم.

- چون تف سربالاست. می‌دونه. قبول کرده بچه هفت‌ماهه به دنیا آمده. تا به امروزم چون پسردار نشده.

- از کی؟

- زن دومش دیگه.

- وایسا وایسا. زن دوم؟ این دیگه کجا بود؟!

- درسته. زن دوم. گویا رودابه بعد از زایمان، در را به روی همه بسته بود. همه‌اش بهانه می‌آورده. چندین بار هم خواسته که از او جدا بشه و کَرَم خان هم نپذیرفته. (در چهره‌اش رضایت خاصی دیدم).

- چرا؟

- گویا کرم خان به رودابه گفته بوده؛ برو؛ اما پسرم را دیگه نمی‌بینی.

- مردک احمق، پسرم؟

- برای همین چون در خاندانش هرکسی پسر نداره مرد نمی‌دانند؛ ترجیح داده پنهان باشه.

- پس رودابه؟

- بله خانم رودابه را تحت حفاظت نگه داشته و اونی که آن روز با شما جنگید؛ کسی نبود جز پسر خودتان.

محکم رو دستش زد. کم مانده بود رستوران را به هم بریزد.

- نمی‌دانستم. وای! رستم چه کشیدی وقتی با سهراب وارد جنگ شدی؟ بعد که می‌فهمی سهراب پسرت بوده. وای! وای! راست می‌گویی؟ راستی، من پسرم و او پدرش را می‌زد؟

- حتماً بدانید پای مرگ و زندگی مادرش در میان بوده؛ مثل ازدواجش.

- وای بر من! وای بر من! حالا چیکار کنم؟ چطور ثابت کنم؟ خدا تو را برای من فرستاده. کاش اون روز که منتظر به دنیا آمدن پسرت بودی؛ من می‌دانستم. انگار به مادرم الهام شده بود که بچه، بچه خودی است.

اشک در چشمانش پر شد. ابهت رئیس بودنش را فراموش کرده بود. دائماً به دستش می‌زد. گارسون جلو آمد: «چیز خاصی شده؟» بلند گفت: «نه، ولی من پدر بودم و نمی‌دانستم». همه به من نگاه کردند. می‌دونم فکر کردن من، بماند. حساب میز رو داد. به همه کارکنان هم انعام خوبی داد و بیرون آمدیم. مشتریان من رو با نگاهشان سؤال و جواب می‌کردند. خیلی حال رئیس بد بود. از من خواست به خانه‌اش بروم تا با هم، هم‌فکری کنیم. با پروین تماس گرفتم که جایی هستم که دیشب در موردش به تو گفته بودم؛ نگران نباش.

به خانه رئیسم، یعنی پدرِ سهراب، رسیدیم. چه خانه و چه زندگی‌ای. توی هال، روی یک تابلو نقاشی شده، فقط اسم رودابه بود. تمام تابلوهای دیگر هم همین‌طور. عشق و وفاداری تا به این حد. کمی سکوت کردیم. رفت توی اتاقش. صدای گریه بلندش من رو متأثر کرد. من هم می‌گریستم. رفتم براشون شربت درست کردم؛ بردم توی اتاق. عکس زیبایی با کوکب خانم روی میز بود. برداشتم؛ بوسیدم. با صدای لرزان گفت: «برو دخترم از خودت پذیرایی کن. آرام شدم می‌آم با هم حرف می‌زنیم». کمی بعد از اتاقش بیرون آمد و شروع کرد.

ـ می‌دونی دخترم! شاید برای اولین بار است که تعریف می‌کنم؛ داستان آشنایی خودم را با رودابه. همه فقط این رو می‌دانند و فهمیدن که من عاشق دختری بودم که به زور، شوهرش داده بودند و من فراموشش نکردم؛ تا این حد. با چه سختی با رودابه آشنا شدم؟ در آن دوران، راحت نمی‌شد با دختری آشنا شدغ تازه ارتباط داشت. محال بود. رودابه را توی یک شب سرد دیدم. توی برفا لیز خورده بود. پاش صدمه دیده بود. به کمکش رفتم. اصلاً چهره‌اش رو ندیدم. مگر می‌شد دید؟ آن‌قدر شال دور گردنش بود که چهره‌اش پوشیده شده بود. بالاخره با زحمت زیاد از لای برف‌ها که دیگه داشت یخ می‌زد؛ بیرون کشیدمش. اون وقت‌ها مثل الآن نبود. برف فراوان می‌بارید. هوا خیلی سرد می‌شد. نمی‌توانست راه برود. دستش رو گرفتم. آهسته از آنجا به طرف پیاده‌رو که برف کمتری بود؛ آمدیم. با صدای ضعیف گفت: «ممنونم دیگه خوبم. شما زحمت نکشیدید. خودم می‌رم». ولی او نمی‌توانست راه برود. پرسیدم: «منزل کجاست؟» گفت: «نزدیکه». گفتم: «بذارید برم صداشون کنم». با ناله گفت: «کسی نیست. اگر هم باشند؛ براشون مهم نیست». یک آن ایستادم. صدایش آرامشی داشت. او را دیدم. چقدر زیبا بود. نمی‌دونم؛ ولی لال شدم. آخه کی براش مهم نیست؟ توی راه بالاخره راضی شد. او را به خانه‌شان رساندم. در

زد و رفت تو. یادمه نزدیک به یک ساعت در آن اونجا ایستادم و احساس سردی نکردم. از آن به بعد، هر روز به بهانه‌ای آنجا می‌رفتم؛ شاید موفق بشم. یک روز صبح رفتم؛ شاید مدرسه بره. خلاصه هر روز رفتم. آن شب برف سنگینی باریده بود. به این نتیجه رسیدم؛ صبح در لباس برف‌پاروکن نزدیک خانه‌شان برم. اتفاقا دیدمش. مرا صدا کردن تا برف حیاطشون رو پارو کنم. ازخداخواسته، وارد حیاط شدم. دو طرف ساختمان بود. وسط، حوضی آبی‌رنگ. به همه‌جا نگاه کردم؛ ولی او نبود. زنی با قدرت یک مرد، من رو صدا کرد: «جوون! تمام حیاط رو، نه اول پشت‌بام را پارو می‌کنی؛ بعد حیاط رو، بعد جلوی در کوچه رو». آن‌قدر محو دیدن بودم که نمی‌فهمیدم چی گفت. فقط گفت شروع کن. مرا به پشت‌بام برد. وای خدایا! دریایی بود. من این کاره نبودم؛ ولی قبول کردم. زن مردنما رفت. من از اون بالا، پایین رو می‌دیدم. خبری نبود. به هر بدبختی بود؛ پشت‌بام را پارو کردم. با نردبان داشتم پایین می‌آمدم که از پنجره تونستم داخل اتاقی را ببینم. خودش بود. پاهایش گچ گرفته در بستر. پس برای همین بیرون نمی‌آمد! صدا مرا متوجه خودش کرد: «بیا پایین؛ به تو هم می‌گن برف‌پاروکن؟ عجله کن. داره هوا تاریک می‌شه». بالاخره با هزار بدبختی برف‌ها رو پارو کردم؛ مختصر پولی گرفتم تا چند روز بعد تاول‌های دستم را مداوا می‌کردم.

دیگه برای دیدنش صبر کردم. فهمیدم چرا بیرون نمی‌آد. تا اینکه مادرم رو برای تزریق آمپول به درمانگاه بردم. اتفاقی او را دیدم. گچ پایش را باز می‌کردند. یکی صداش زد: «رودابه». آنجا اسمش رو یاد گرفتم. در دلم گفتم: «منم زال».

یاد خودم افتادم. گفت: «سهراب». منم گفتم: «گردآفرید». کسی اطرافش نبود. جلو رفتم. سلامی کردم. جوابم رو داد. بعدش هم تشکر کرد؛ از اینکه آن شب کمکش

کرده بودم. الهی شکر. پرسیدم: «مدرسه می‌ری؟» گفت: «دبیرستان می‌رم. شبانه». نامش را پرسیدم. گفت که یک‌دفعه مادرم من رو صدا زد: «داوید! داوید!» برگشتم. با دست اشاره کرد. رفتم کنارش. «چی شده مادر؟» گفت: «با کی حرف می‌زدی؟» گفتم: «با...»، هنوز اسم رو نگفتم. زود گفت: «برویم؛ برویم» «ولی ...»، «ولی ندارد. من آمپولم رو نیاوردم». «چرا زودتر نگفتی؟» البته بعداً فهمیدم؛ به‌خاطر این بود که من با دختر اسکندر حرف زده بودم. سرت رو درد نیارم. من و رودابه به‌وسیله نامه، هرچی بود در ارتباط با هم قرار گرفتیم. بماند. پدرش به‌وسیله خواهر بزرگش، همان زن مردنما از این رابطه آگاه شده بود. من رو گرفتن تا جایی که می‌خوردم؛ زدند. ناقصم کردند. چند روزی هم رودابه را از خانه بیرون کردن. همان موقع به خانه ما آمد. من تعجب کردم. اگر غیرت بود؛ پس چرا از خانه، توی اون سرما، بی‌پناه، بیرونش کرده بودند. خوشبختانه مادرم به خانه یکی از اقوامش رفته بود. ما با هم بودیم؛ چند روز با عشق. تا اینکه مجبور شد به خانه برگردد.

- کی مجبورش کرد؟

- خواهر بزرگش. به‌خاطر اینکه رودابه کارهای خونه را انجام می‌داد. مدتی گذشت. شانسی یک بار دیگه دیدمش. توی راه حمام من رو دید. کاغذ مچاله شده‌ای را روی زمین انداخت. من فوری رفتم کاغذ رو برداشتم. نوشته بود: «خبری برات دارم. خوشحال می‌شی». داشتم نامه را می‌خواندم که یکی با یک چوب به سرم زد. دو ماه بعد کَرَم خان خواستگاری کرد و اسکندر با پولی که از کرم خان گرفت؛ او را به عقدش درآورد. کلی هم شکنجه نوچه‌های کرم خان شدم. مادرم با اینکه من تنها فرزندش بودم؛ با وجودی که تنها می‌شد؛ ولی ترجیح داد من رو به بهانه ادامه تحصیل، پیش عموم که آلمان زندگی می‌کرد؛ بفرستد.

- پس این بود که مادر، تن به تنهایی داده بود؛ طفلک.

- درسته، همین‌طوره. حالا باید با هم کاری کنیم. تو دیگه تنها نیستی و برای پیدا کردن پسر و نوه‌ام و زن موردعلاقه‌ام، عشقم، کمکت می‌کنم. آمدنت به شرکت را به فال نیک می‌گیرم. حالا بگو ببینم؛ کجا زندگی می‌کنی؟

- یک آپارتمان قدیمی توی نازی‌آباد.

- دیگه اونجا نمی‌ری. اگر راحتی همین‌جا یا برات یک آپارتمان بگیرم.

- (کمی مکث کردم. فکر کردم) باشه؛ اما شما.

- شما؟ نه، بگو پدر.

- پدر.

- راستی خبری از مادر و پدرت داری؟

- نه، یادم رفت. بگم آن‌ها را دربه‌در کرده. با تهمتی که برای من درست کردن؛ طوری کرد که آن‌ها مرا ترک کنند. بعدها بالاخره فهمیدم؛ شفاهی، پدر سیما، به راننده گفته بود با سرعت، اتفاقی به آن‌ها بزند. اون راننده هم در کمال بی‌رحمی این کار را کرده. متأسفانه خبری از محل دفن آن‌ها ندارم؛ متاسفانه.

- باعث تأسفه. تو هم کم نکشیدی. درستش می‌کنیم. گریه نکن. می‌دونم سخته. لعنت به ...

به من از یکی از سه اطاقی که خالی بود رو نشون داد و رفت. شب بخیر گفت. خدایا! باورم نمی‌شه. خونه پدر سهراب، پدربزرگ پسر ندیده‌ام. نمی‌دونم؛ ولی وقتی صبح بیدار شدم؛ محیط برام غریبه بود. بلند شدم. یک یادداشت جلوی آیینه میز توالت

بود: «صبح بخیر دخترم. امیدوارم خوب خوابیده باشی. همه‌چیز در خانه هست. بمان تا من بیایم. بدرود فرشته نجات من. پدر داوید». یادداشت را تا کردم. بیرون رفتم. خدایا چه خونه زیبایی. از پنجره سالن بیرون را نگاه کردم؛ چه باغ زیبایی، چه استخر بزرگی. ولی این خونه به این بزرگی، تنها زندگی می‌کنه. چه قدرتی من رو به او رساند. فقط تو خدایا. ساعتی طول نکشید که پدر داوید آمد. در را باز کرد. محو چهره‌اش شدم. هرچه بیشتر به او نگاه می‌کردم؛ سهراب را در او؛ در این سن می‌دیدم.

– خوبی دخترم؟ خوب خوابیدی؟ راحت بودی؟

– بله خوبم؛ اما ...

– اما چی؟ بازم سؤال؟

– نه، یک مسئله مهم. البته عمو ناصر می‌داند.

– چی رو؟ اتفاقاً امروز باهاش حرف زدم. تمام ماجرا را گفتم. به‌طور کل زبونش لال شده بود. چیز خاصی به من نگفت.

– بله به شما نگفته. منتظره تا خودم بگم.

– چی رو؟ مگه باز چیزی هست؟!

– بله. یک چمدان سهراب پیش من امانت گذاشته. گویا کَرَم خان به او داده بود تا با خودش به تهران بیاورد و بعد گفته بود: «می‌گم پیش کی ببر».

– یعنی به او اعتماد داشت؟ منظورم اینه که چطوری؟!

– نه، باز فکر کنم پای رودابه خانم وسط است.

– عجب نامردیه.

- حالا نمی‌دونم با آن چمدان چیکار کنم.

- یعنی توش چیه؟ می‌دونی؟

- نه، اصلاً بازش نکردم. بارها خواستم. کنجکاو هم شدم. اما نشد. خیلی سنگینه.

کمی فکر کرد. بعد گفت:

- فعلاً بذار آدرسش رو، یعنی آدرس کرم خان را پیدا کنم. بعد از این چمدان استفاده می‌کنم.

خواستم اجازه بگیرم؛ غذایی درست کنم. دیدم دست‌به‌کار شده، مشغول توی آشپزخانه است. برگشت؛ گفت:

- یک غذای روسی، البته سوپ بُرش درست می‌کنم. همین رو بلدم. فقط امیدوارم خوشت بیاید.

- این غذا روسی نیست؟

- چرا، من به جغرافیاش کاری ندارم. خیلی غذای معقولیه؛ ولی اگر دوست نداشتی؛ غذا سفارش بدم. من خودم پنج‌شنبه‌ها این سوپ رو می‌خورم.

- شنیدم شما یک رگ روسی دارید.

- آره. گویا اجداد پدری من در زمان قاجاریه، کاری دست خودشان داده بودند. ثمره‌اش مادربزرگ من و بعد مادرم. منم سهمی بردم.

- برای همین اسم شما داوید است؟

- آره. جالبه من رو داوید صدا می‌زنند؛ چون پدرم دورگه روسی بود و مادرم ایرانی. یک اسمی گذاشتن برای من که هر دو راحت باشند و دعوا نکنند.

- خب شما چی؟

- من؟ منظورت ملیته؟

- بله برام جالبه بدونم؛ طرف مادری یا پدری.

- البته قبل از اینکه اعتراف کنم؛ مشکل تمام بچه‌های دورگه اینه. نمی‌دونند هویتشان چیه. من کلی مطالعه کردم؛ تاریخ خواندم. بلاخره تصمیم گرفتم طرفدار فرهنگ ایرانی باشم و خودم رو ایرانی می‌دونم. برات جالب بود حالا؟

غذا آماده شده بود. ظرف سوپ را از آن پر کرد. روی میز گذاشت با چیدمان خیلی ساده و شیک. برای من کمی کشید.

- بخور اگر دوست داشتی.

- بله دوست دارم. مادرم هم این سوپ رو خیلی‌خوب درست می‌کرد.

- پس خیالم راحت شد.

در موقع غذا خوردن به او نگاه می‌کردم. صورتی سفید، با موهای بلوند سفید شده. خیلی مهربان و دوست‌داشتنی.

- ببینم دختر خوبم، برات سفارش کردم.

- سفارش برای چی؟

- آپارتمان نقلی نزدیک به خودم باشه. دیدم این‌طوری راحت‌تری. نه؟ درست حدس نزدم دخترم؟

- ممنونم. زحمت شما شدم؛ اما با شما هم راحت بودم. البته کمی زمان می‌برد.

- دختر، رحمت شدی. من، هم عروس دارم، نوه و پسر و عشقم رو هم به دست می‌آرم.

- درسته. کار من و هدفم اینه مثل شما، پدر و مادرم را هم پیدا کنم؛ منظورم، محل دفن آنها را.

- بخور. حتماً پیدا می‌کنیم. همین‌طور که تو من رو و من تو را پیدا کردم؛ وگرنه بی‌خبر از ثمره عشقم بودم.

به آپارتمان جدیدی که برام تهیه کرده بود رفتم. پروین هم باخبر شد. آدرس گرفت. آمد پیش من، خوشحال.

- ببین ماریا، خدا جای حق نشسته. بچه و سهراب و مادر و پدرت رو هم پیدا می‌کنی. البته ببخشید؛ مزار آنها را. راستی این‌طور که می‌بینم؛ فکر کنم از سر کار آمدنت خبری نیست.

- البته که می‌آم؛ اما فعلاً نه.

- وای! اگر بقیه بدونند؛ مخصوصاً منشی جان، شوکه می‌شن.

- آره، ولی ... (کمی خندیدیم).

- ولی چیه؟ پاشو با اون قهوه‌جوش، برامون قهوه درست کن.

- من که ...

- یادت می‌دم.

چند وقتی گذشت تا اون روز که پدر داوید، با خوشحالی بالاخره آدرس کَرَم خان را گیر آورد.

- چه خوب. از حالا چیکار می‌کنید؟

- براش پیغام گذاشتم؛ امانتی در مقابل امانتی. می‌دونم تعجب می‌کنه؛ چون اصلا فکرشو هم نمی‌کنه. حتی حدسشم نمی‌زنه.

- پس پدر داوید؛ فکر می‌کنید چی می‌شه؟

- بله. او جواب می‌ده. قماربازه. حتماً خبر می‌ده؛ یعنی خبری ازش می‌شه.

- چطوری پیداش کردید؟!

- تله گذاشتم. نمی‌خواد فکرت رو مشغول این حرف‌ها کنی.

برای همین، عمو ناصر، اشرف خانم رو پیش من آورد. دیگه پیر شده بودند. اشرف خانم، طفلک گوشاشم سنگین، براش سمعک گرفتیم. حالش بهتر شد. چقدر خوشحال بود از دیدن من و ناراحت که بچه را که دزدیدن. روزایی که پیش من بود؛ انگار مادرم بود. بوی او را می‌داد.

پدر داوید تماس گرفت که مطلقاً از خانه بیرون نیام. امروز هم عمو ناصر، اشرف خانم را می‌بَرد. دلم به شور افتاد. استرس. نکنه خبر بدی در این جریان باشه. اشرف خانم با تمام محبتش رفت. انگار آتیش زیر خاکستر روشن شده. چند روز بعد، پدر داوید گفت: «کَرم خان پرسیده؛ امانتی؟ از چی حرف می‌زنی؟ با کلی بد و بیراه، مدرک می‌خواهد». منم گفتم: «آزمایش ژنتیکی». ولی من رو تهدید کرد که می‌کشمت. تو

هیچ‌وقت دستت به روداب‌ه نمی‌رسه و از این حرفا؛ ولی نگران نشو. قرار بر این شد که تو با قطار، امانتی رو ببری به او بدهی؛ در مقابل او امانتی تو را بدهد. از پدر پرسیدم: «مگه شما اشاره‌ای به پسرتان سهراب کردید؟»

- نه، ولی خودش گفت.

- چه جالبه! خودش اعتراف کرده.

- درسته. منم صداش رو ضبط کردم؛ زیرش نزنه.

قطار راه افتاد. شنیدم مسافری فریاد زد: «سفرمان چندروزه است؟» در این موقع، متصدی قطار چمدان را به‌سختی داخل کوپه‌ام گذاشت.

- (ماریا با تعجب) ای وای! چمدانم کجا بود؟! دزد رو گرفتید؟

- (متصدی با آرامش) دزدی نبود. این چمدان داخل کوپه‌ای که خراب و غیرقابل استفاده شده بود؛ آنجا بود.

- عجب! نمی‌دونستم چمدانم پا داره و خودش رفته. در هر صورت ممنون.

- خواهش می‌کنم.

- ماریا نگاهی به چمدان کرد. بلند شد. آن را با دست بلندش کرد. به نظرش سبک‌تر می‌رسید. رو کرد به روبین.

- پسرم! می‌شه این چمدان را بلند کنی؟

روبین به طرف چمدان رفت و آن را بلند کرد. ماریا پرسید:

- چطور بود؟

- از چه نظر؟ مثل اولین بار که چمدان را داخل آوردم؛ سنگین نبود.

- پس من اشتباه نمی‌کنم.

- فضولیه؛ داخلش چی هست؟

- نمی‌دانم.

- نمی‌دانید؟ مگه می‌شه؟

- بله. امانتی کسی است که سال‌ها پیش من بوده.

- شاید چیز خطرناکی داخلش باشه.

- نه بابا! خطر؟ از چه نظر؟

- مثلاً چیزهای ممنوعه.

- نمی‌دونم. تابه‌حال فکرش رو نکرده بودم.

- کلیدش رو شما دارید؟

- کلید! نه. اگر هم که بود؛ اون رو به سهراب نمی‌داد.

- اگر اجازه بدید؛ من نگاه کنم.

- البته؛ اشکالی نداره. لطف می‌کنید.

روبین نگاه کرد.

- بله قفل داره؛ اما زنگ زده.

- زنگ! نه، شایدم متوجه نشدم.

در کوپه باز شد. مردی سریع آمد داخل؛ درحالی‌که اسلحه داشت. ماریا خواست فریاد بزنه که مرد جلوی دهانش را گرفت. من از طرف داویدخان برای محافظت از شما آمدم.

ماریا به زور دستش رو از روی دهانش برداشت.

- پس، پس چرا این‌گونه مثل راهزنان؟!

- چون فکر کردم کسی شما را در بند کرده. سایه‌ای دیدم. خواستم شناسایی کرده باشم (رو کرد به روبین).

دل‌شوره عجیبی گرفتم. چرا پدر داوید چیزی به من نگفت؟ چرا این قرار و چرا با چمدانی که این همه خواستار داشت و به دنبالش بودن؛ باید راحت با آن چمدان با قطار مسافربری، برای جابه‌جایی عازم می‌شدم؟ با عقل جور درنمی‌آمد. شاید، نمی‌دونم گیج شده بودم. بچه‌ها خسته شده بودند؛ بی‌تابی می‌کردند. روبین با اشاره به سکوت، به بچه‌ها. صدای متصدی می‌آمد. مرد ناشناس که خودش رو شاهرخ معرفی کرد؛ با عجله خواست پنهانش کنیم. هرچی نگاه کردیم؛ توی سایزی نبود که بشه پنهانش کرد. روبین زود بلند شد. از شاهرخ خواست روی تخت دراز بکشه. بعد اسباب‌های بچه‌ها را با کشیدن پتو روی او گذاشت و یکی از بچه‌ها را هم روی او خواباند. به نظر طبیعی می‌آمد.

چند لحظه بعد، متصدی در کوپه را زد. ماریا: «بله». روبین اشاره به ماریا کرد. اسلحه ماریا. اون رو توی کیفش گذاشت. متصدی چای و کیک آورده بود. ماریا: «ممنونم». از او گرفت. متصدی رفت. تقریباً اوضاع روبه‌راه شده بود. شاهرخ به ماریا اشاره: «می‌شه با روبین صحبت کنم؟»

ماریا خیره به روبین: «اشکالی نداره». صدای شلیک گلوله شنیده شد. داد و بیداد و همهمه، قطار توسط چند نفر مسلح محاصره شده بود.

روبین: نکنه در سرزمین گانگسترها هستیم؟!

ماریا: والله از اولش مشکوک بود.

صدای متصدی: خواهش می‌کنم تو کوپه‌های خودتان باشید. مشکلی پیش آمده.

یکی از مسافران: خدایا به دادمان برس. گیر کردیم. کی به ایستگاه می‌رسیم؟ مگه رو مونیتور نمی‌بینند!

صدای بلند: بهتره خفه شی بچه. همه‌چیز تحت کنترل ماست.

دیگه داشت باورم می‌شد که شاید خواب می‌بینم. مگه می‌شه؟ با خودم کلنجار می‌رفتم که در کوپه باز شد. کسی با روبندی سیاه وارد شد. بچه‌ها از ترس گریه می‌کردند. روبین سخت آن‌ها را در آغوشش گرفته بود؛ در ضمن مواظب من هم بود. رنگش پریده بود. دلم برای بچه‌ها شور می‌زد

- (با ترس پرسیدم) چی می‌خواهید؟ کی هستید؟ بچه‌دزدید؟ ما که چیزی نداریم که به‌دردبخور باشه.

محکم من رو کنار زد. دست برد؛ چمدان را برداشت. فریاد زدم: «اون رو کجا می‌بری؟ چمدون وسایل خصوصی منه». با دستش من رو زد کنار. به‌سختی چمدان را برد. لحظه‌ای گذشت. شاهرخ از زیر پتو بیرون آمد. در این فاصله بچه‌ها شلوارشون رو هم خیس کرده بودند و او هم خیس شده بود. اشاره کرد پرده را بکشم. می‌خواستم خفه‌اش کنم. مرد حسابی چرا به دادمان نرسیدی؟ چمدانم را بردند. آمدم بزنم بیرون

از کوپه، جلوی راهم رو گرفت. دستش رو زدم کنار. کیفم رو برداشتم. اسلحه را از توش بیرون آوردم. دیگه صبر نکردم. از کوپه رفتم بیرون؛ به طرف اتاق رئیس قطار. متصدی با دیدن من و اسلحه جا خورد: «شما!»

- بله من. تو این قطار وامونده چه خبره؟ چه خبره؟ فیلم بازی می‌کنند؟ راست راستکیه؟ نمی‌دونم چمدون مرا می‌دزدند. می‌گید تو کوپه‌ای که قابل‌استفاده نبود؛ گذاشتند. یکی نیست بگه خر خودتونید. حالا هم محاصره شدیم؛ باز چمدون من رو برمی‌دارند.

- ای بابا! اسلحه از کجا آوردی؟

ناگهان حواسم رفت به اسلحه. از هولم شلیک کردم. صدای فریاد یک نفر آمد. سوختم، سوختم. کاملاً دیوانه شده بودم. اسلحه رو به کناری پرت کردم. فقط دویدم. منتها با این فرق که در فرار فقط راهرو قطار بود؛ ولی آن روز دشت و بیابان وسیع، فقط خودم رو به داخل کوپه رساندم. خدای من کسی نیست. بچه‌ها، روبین، کیفم، مدارکم. فریاد زدم. خدایا چه اتفاقی افتاده. کوپه خالیه. شاهرخ. اونم دروغی بود؟ وای! وای! نشستم روی زمین. نکنه، درسته، نقشه بود. فقط یادمه چشم باز کردم توی بهداری قطار سِرم به دستم. دو تا مأمور در دو طرف من. کمی آرام گرفتم. مأمور اولی آمد جلو: «خانم! الهی شکر بهترید.» پرسیدم: «چه اتفاقی افتاده؟» مأمور دومی: «اتفاقا شما باید بگید چی شده! اسلحه از کجا؟ برای ترور رئیس قطار؟ نافرجام ماند. کارگر بیچاره زخمی شد. شکر کنید نمرد». «من!؟ اسلحه؟» آخه چی بگم؟ باورشان نمی‌شود. آخه چمدون مرا دزدیدن.

- مگه تو اون چمدون چه چیز باارزشی بود که بارها به مأموران گفته بودید؛ زندگی من به آن بستگی دارد؟ باید بگویید.

- راستش خودم هم نمی‌دانم؛ داخلش چی بود.

- یعنی چی نمی‌دانستید؛ ولی زندگی‌تان به آن بستگی داشت؟

- گفتم نمی‌دانستم. امانتی بود.

- امانتی کی؟ ببینم کنجکاو هم نشدی؟ نمی‌دونی داخلش چیه؛ ولی دائما تکرار می‌کنی؛ این چمدون حکم زنده بودن من را داره؟

- سال‌ها پیش کسی این رو به من، یعنی به خودش سپرده بودند که براش نگه داره و او زمانی قبول کرده بود؛ چون جان مادرش در میان بود.

- داستان تعریف می‌کنی؟ رمانه؟ کی باور می‌کنه؟

- نه، گفتم بگم باور نمی‌کنید.

- حالا فرض کن باور کردیم؛ سند، مدرکی، شاهدی؟

- یک‌دفعه یاد عمو ناصر افتادم. گفتم البته که دارم. آدرسش را دادم.

چند لحظه بعد خبر دادند؛ این شخص سکته کرده، تو کماست. همسرشم شنوایی ندارد. بعد تعریف کردم تا به اونجا که کوپه‌ام رو که به کسی دیگه داده بودند. متصدی را خواستن و پرسیدن: «چنین کاری کردید؟» متصدی گفت: «نه. کوپه ایشون دربست بود. هنوزم هست».

یک آن به این فکر کردم که توطئه‌ای در کار است. می‌خواهند مرا دیوانه جلوه دهند. خودم رو به همان دیوانگی که آن‌ها انتظار داشتن؛ نشان دادم. انگار راضی شدن. فوراً از بلندگوی قطار اعلام وضعیت عادی کردن و خواستن قطار ادامه راه بدهد. درحالی‌که رضایت اون کارگر را گرفتن. من رو به کوپه خودم بردن. همه‌چیز آرام و

مرتب. نشستم روی صندلی. در آینه‌ی روبه‌رو، خودم رو دیدم. ماریای واقعی هستی. گفتم ماریا چه اتفاقی باید می‌افتاد؟ همین‌طور که حرف می‌زدم با خودم؛ کسی از پشت در کوپه صدا کرد: «ماریا خانم».

خدایا! صدا، صدای روبین بود. زودی بلند شدم. باعجله در رو باز کردم. کسی نبود. خیالاتی شدم. دوباره این اتفاق افتاد. محل نگذاشتم. در باز شد. خدای من! روبین. آمدم حرفی بزنم؛ جلوی دهنم را گرفت.

ـ ببخشید. لازم نیست کسی از بودن من خبردار بشود.

ـ ببینم چی شده؟ بچه‌ها؟

ـ بچه‌ها را به صاحبش دادم.

ـ صاحب بچه توی این اوضاع، تو قطار در حال حرکت، از کجا پیدا شد؟ اصلا کی بود؟!

ـ قبلا که گفته بودم؛ نوه‌ی صاحب‌کارم هستند؛ اما داستان داره.

ـ تو هم داستان داری؟

ـ یک سوال، شما کَرَم خان را از کجا می‌شناسید؟

چیزی گفت که من رو پریشان کرد. «کَرَم خان!» نکنه حدسم درسته.

ـ من؟ چطور مگه؟ چرا این سوال رو می‌پرسی؟ چرا!

ـ بله، من آن شب که چمدان را داخل کوپه آوردم؛ رفتم از زیر جایش را درست کنم؛ اسم راهب را خواندم.

- راهب؟ خب چه ربطی به کَرَم خان داره؟

- اگر صبر کنید، تا به مقصد نرسیدیم؛ براتون می‌گم.

سراپا گوش شدم.

- من ایشون را خوب می‌شناسم. البته که ربط داره. روی تمام وسیله‌هایی که داره، این نام به‌نوعی نوشته شده. فکر کنم برای اینکه کسی نفهمه مال اوست.

- از کجا این‌قدر او را می‌شناسی؟

- حالا، اون مردی بدجنس و خسیس، پرتوقع و دیکتاتوره با اطرافیانش؛ مثلاً با زن اولش.

- بگو، بگو زن اولش چی؟

- اجازه بدین چشم. با پسرش ...

- ببینم؛ اسمش سهراب بود. چیزه، زنده است؟

- کی! بله اسمش سهراب و زنده است.

- الهی شکر. خوشحالم.

- داستان از این قرار بود که من با دو تا از نوه‌های دختریش، با همین قطار، باید به مقصدی می‌رفتیم، تا بچه‌ها را آنجا تحویل بدهم.

- که چی؟ شما، شما نوه کَرَم خان هستی؟

- نمی‌دونم. می‌گه سرراهی بودم؛ چون پسر بودم؛ من رو آورده تا بزرگم کند؛ البته به‌عنوان نوکر.

- فریاد بلندی از درونم زدم. گفتم خود سهرابه.

- چی؟ سهراب؟! کی خود سهرابه؟ گیج شدم.

- بله. ببین پسرم تو الان چند سالته؟

- من ۲۰ سال.

- درسته. تو متوجه شباهتت با سهراب نشدی؟!

- نه، چه ربطی داره؟

- داره، داره. تو دقت نکردی.

- در کوپه باز شد. دو نفر که همان مأموران توی بهداری بودن، آمدن داخل. نفهمیدم روبین چطوری غیبش زد.

خوشحال شدم روبین را ندیدن. پرسیدم:

- کاری دارید؟

- بله بیایید همراه ما.

- کجا؟ نمی‌فهمم کجا؟ نمی‌آیم.

- باید بیایید. نترسید؛ خطری نیست.

من رو بردند. فک کنم مسافران دیگه خوابیده بودند. رفتیم داخل اتاق رئیس. وای! وای! دیوانه شدم. کی اونجا بود؟ پدر داوید. پس مامورا برای همین نگفتن برای چی و کجا باید همراهشان می‌رفتم. می‌خواستند غافل‌گیر بشم. خدایا معجزه است؟ خوابه؟

پدر داوید حال من رو فهمید. صندلی آورد نزدیک. پیش من نشست. رئیس قطار سرحال گفت: «می‌دونم تعجب کردی!» پدر داوید تعریف کرد که وقتی اون چی بگم، نمی‌خوام اسمش رو بیارم؛ کرم خان، چه اسمی هم داره، برعکس خودش، قطار را پیشنهاد داد؛ من تصمیم گرفتم خودم هم در قطار باشم؛ البته در لباس کارگر با اجازه‌ی رئیس قطار اینجا بودم. من تو را تنها نمی‌گذاشتم. اونم با اون باند خطرناک. ببین اینم چمدان. درسته؟

درست زیر تخت رئیس بود.

ـ پس اون ن ن، اونی که زیر تخت، آقای رئیس برای همین بیمار بودند؟ حالا فهمیدم.

ـ درسته تقلبی بود.

ـ چطوری!؟

ـ چطوری رو برات می‌گم.

ـ قبل از سفرت، عکس‌هایی از چمدان گرفتم و عینا همان‌طور، با همان سنگینی، چمدون را تهیه و با اصل عوضش کردم.

کَرَم خان می‌خواست با این کلک، چمدان و نوه‌ها را ببرد و تو دست‌خالی و با اسلحه‌ای که در دستت داده بود؛ به‌وسیله آدم خودش.

ـ پس چمدان را از اول شما برده بودید؟

ـ بله من رو ببخش دخترم. تازه دو نفر رو هم فرستاده بود؛ من رو بکشند. بگو: «کی؟»

- سهراب؟

- بله سهراب. قبل از نزدیک شدن به من، تمام داستان را براش گفتم؛ ولی فرد دیگه‌ای که همراهش بود؛ شلیک کرد تا هم من، هم سهراب را بکشد. سهراب مانع شد. تیر ...

- تیر به سهراب؟

بی‌حال شدم. مرا آرام کردند. فهمیدم سهراب بیمارستان است.

- نمی‌دونی چه کسی همراهش است؟

- نه.

- رودابه. باورش برات سخته. می‌دونم.

دیگه مغزم از کار افتاده بود. خودم رو وسط فیلم‌های سینمایی می‌دیدم. قطار چرا به مقصد نمی‌رسد. آهسته به پدر داوید: «روبین».

- چی؟

- تو کوپه من است!

- روبین کیه؟

- پسر سهراب.

- یک‌دفعه پدر داوید از جاش بلند شد؛ بریم تو کوپه.

متصدی:

- راجع‌به چی حرف می‌زنید؟

- (با صدای گرفته) راجع به ...

- بچه‌ها

- بله، بچه‌ها.

متصدی:

- آن‌ها را بردند.

- شما کجا بودید؟

متصدی:

- با اسلحه بودند. بچه‌ها و کیف را هم بردند. من کاری نتوانستم بکنم.

پدر داوید:

- حالا چرا معطل می‌کنید؟ هرچه زودتر به کوپه شماره پنج برویم.

همگی به طرف کوپه رفتند. توی راهرو، مسافر کوپه هشت بیرون می‌آد؛ جلوی متصدی رو می‌گیره:

- ببخشید کی بالاخره می‌رسیم؟ راستی فهمیدیم فیلم می‌گرفتید.

- تا یکی دو ساعت دیگه.

- نه بابا! تونل رو هنوز رد نکردیم!

- بعدِ تونل رو گفتم. (اینم وقت گیر آورده؛ البته حق هم دارند).

ماریا به‌سرعت داخل کوپه شد. از روبین خبری نبود.

پدر داوید صدا کرد:

- روبین، نوه خوبم، پسر سهراب.

ناگهان روبین از زیر پتو بیرون آمد. داوید با دیدن روبین، مات می‌مونه؛ یعنی اصلا کپی!

- اصلاً می‌شه گفت نمونه‌ی جوانی سهراب. جای حرف نداره.

متصدی:

- خدای من! این واقعیته؟ این‌قدر شباهت؟!

روبین:

من که دیوانه شدم؛ اول بچه سرراهی و بعد نوکر. نگو در کنار پدرم و مادربزرگم بود.

متصدی به ماریا که محو تماشای روبین بود؛ نفس هم نمی‌کشید؛ فکر می‌کرد. هر لحظه ممکنه سکته کنه. پدر داوید از او هم بدتر. متصدی:

- می‌بینم شباهت زیادیست. روبین چطور متوجه این شباهت نشدی؟

- آخه کَرَم خان ازم خواسته بود؛ همیشه ماسک بزنم.

- تو که خودت رو می‌دیدی؟

- از کجا؟ من که کسی رو نمی‌دیدم. تو اصطبل کار می‌کردم.

قطار به مقصد رسید. رئیس قطار هم به آنها پیوست. گفت:

- پیشنهاد من اینه از قطار خارج نشوید. من سهراب و خانم رودابه را اینجا می‌آورم. ماریا، روبین را نگاه می‌کرد. دلش می‌خواست او را در آغوش بگیرد؛ ولی هنوز روبین

قبول نکرده بود. ساعتی گذشت. ماریا از پنجره قطار بیرون را تماشا می‌کرد. از دور مردی را می‌دید که همراه زنی سال‌خورده به او نزدیک می‌شدند. هرچه نزدیک‌تر می‌آمدند؛ ماریا سخت‌تر باور می‌کرد، تا اینکه سهراب هم او را از پشت پنجره دید. ماریا غرق عشقی که سال‌ها از آن دور شده بود؛ غرق احساساتی که سال‌ها سرکوب شده بود. درهمین‌حال صدایی شنید: «من ظرف آب اضافه دارم؛ می‌تونم کمکتون کنم؟»

همه در کوپه غرق دیدار آن دو بودند. رودابه اشک می‌ریخت و به آغوش داوید پناه برد. روبین دهانش باز مانده بود. سهراب را دید. متوجه شباهت خودش و داوید شد. نشست روی زمین. پاهایش می‌لرزیدند. ماریا با شیندن صدا، آن هم در نزدیکی خودش، برگشت سهراب را دید. هر دو به هم نگاه کردند.

ببین چقدر شکسته شده؛ ولی با وجود این، هنوزم زیباست.

هر دو یکدیگر را در آغوش گرفتند و بوییدند و نوازش کردند.

رودابه قبل از آمدن، داستان روبین را برای سهراب گفته بود.

سهراب با دیدن روبین فریاد زد: «تو نزدیک من بودی؛ چرا، چرا نفهمیدم؟ لعنت به کرم خان. لعنت».

می‌خواست از آغوش ماریا به طرف روبین برود؛ ولی سرنوشت، مهلت یک لحظه هم نداد. صدای شلیک و خرد شدن شیشه‌ها و خون، کف کوپه شماره پنج جاری شد.

مدتی بعد از حادثه، در کوپه گذشت...

ماریا پشت پنجره سالن ایستاده بود. به جوانی که داشت در کنار استخر راه می‌رفت؛ نگاه می‌کرد. بعد از آن حادثه‌ی شوم که در کوپه شماره پنج قطار افتاده بود؛ حتی یک لحظه آن را فراموش نمی‌کرد. سهراب در آغوشش بعد از سال‌ها. پدر داوید بهترین مرد وفادار با تعصب به خانواده‌اش، رودابه با آن‌همه شکنجه دوری از عشقش و متصدی قطار، چه بی‌گناه! کشته شدن.

دفتر خاطرات رودابه که در روز ترخیص سهراب از بیمارستان، داخل وسایلش بود؛ به صورت بسته‌ای توسط ماموران به ماریا داده می‌شود. با تعجب بسته را گرفت. گویا روز حادثه، ماموران آن را داخل کوپه پیدا کرده بودند و آن را در بسته‌ای تحویل او دادند.

ماریا با عجله بسته را گشود و کیف زنانه‌ای که روی آن آثار خون خشکیده‌ای دیده می‌شد. به زحمت در کیف را باز کرد. داخل کیف، دفترچه‌ای بود. سریع آن را بیرون آورد. متوجه شد دفتر خاطرات رودابه است. آن را گشود. اول دفتر را با این جمله شروع کرده بود:

«رودابه بود. برف سفید بود. او هم سفید، برف آب شد. او هم، همین».

ماریا دفتر را ورق زد. در صفحات بعدی نوشته بود؛ داوید جان، الان نوه‌ات ۵ ساله است. اسمش روبین است؛ ولی فقط من می‌دانم او پسر سهراب است. کَرَم خان نمی‌دانست که من می‌دانم. حتی سهراب هم خبر نداشت. با شناختی که از کَرَم خان دارم؛ می‌دانستم اگر سهراب بداند؛ سرنوشت روبین تباه می‌شود. به‌همین‌خاطر دست نگه داشتم. امیدوارم مرا، تو و سهراب ببخشید.

می‌دونی؛ سیما، همسری که به‌زور به او داده بودند؛ با درایت سهراب که او را به چشم خواهری فقط محبت می‌کرد.

سهراب ماریا را برایم گفته بود و من از گفته‌های سهراب فهمیدم؛ پس مادر روبین همان ماریاست. متأسفانه از او هیچ خبری ندارم؛ فقط می‌دانم از دوری فرزندش چه می‌کشد. به قدری که می‌شد به روبین رسیدگی کردم؛ امیدوارم که روزی *او* را ببینی.

ماریا با اینکه برای چندمین بار دفتر را می‌خواند؛ در عین خواندنش، اشک می‌ریخت.

صدای بلند روبین را شنید که او را «مامان ماریا» صدا می‌زد. چه دل‌انگیز است شنیدن صدای فرزند وقتی تو را مامان می‌نامد که متأسفانه من از آن محروم شدم. ماریا به اتاقش برگشت. قاب عکسی را که از پدر و مادرش داشت؛ بلند کرد.؛ ببخشید مرا. باعث شدم بی‌گناه و بی‌خبر از راز من، این مصیبت‌ها بر شما بگذرد. باور کنید من هم گناهی نداشتم و خطایی نکردم.

بارها با خودم این اگرها را بررسی کردم. اگر به موقع، بعد از تعطیلات به دانشگاه برمی‌گشتم؛ با سهراب آشنا نمی‌شدم. اگر آن روز نامه‌ی سهراب را خوانده بودم و آن را در کشوی میز نمی‌گذاشتم؛ نصرت خانم، همسایه‌مان در پی فضولی‌هایش از خانه ما، نامه را پیدا نمی‌کرد و به‌خاطر پول‌پرستی‌اش، در ازای مبلغی ناچیز به شفاهی پدر سیما نمی‌داد و باعث نمی‌شد که پی به آدرس سهراب و قرارمان ببرد؛ خانه‌مان به دست شفاهی ویران نمی‌شد. راننده شفاهی، در ازای پول، شما پدر و مادر نازنینم را با ماشین به قتل نمی‌رساند و امروز هر دوی شما عزیزانم در کنارم بودید و اگرهای بسیار.

چه سخت است تنها ماندن.

ماریا برمی‌گرده عکس داوید را که بر روی دیوار زده نگاه می‌کنه.

از سهراب عکسی ندارم؛ ولی پدر داوید، هر دوی شما را در این عکس می‌بینم؛ روحشان شاد.

ماریا با دیدن «سیما» دلش نیامده بود او را به حال خود رها کند؛ چون او هم در بازی کثیف پدرش، به‌اندازه کافی سوخته بود.

از وکیلش درخواست می‌کند سیما را پیش خود نگه‌دارد. سیما می‌پذیرد؛ چون با روبین در یک خانه زندگی کرده. احساس غریبی نمی‌کرد؛ قانون مجوز می‌دهد. خوشبختانه سیما نیز با ماریا مشکلی نداشت.

روبین با خواندن خاطرات ماریا که از ذهنش به روی کاغذ مکتوب کرده بود؛ از تمام قضایا باخبر شده بود.

صدای زنگ تلفن. ماریا گوشی را برمی‌دارد: «الو، الو بفرمایید. بله جناب وکیل، خودم هستم ماریا؛ بله روبین و سیما هم خوب هستند. با هم کنار استخر نشستند؛ جای نگرانی نیست. سیما دختر بی‌آزاریست. از لباس عروس خوشش می‌آید و با دیدن لباس فقط می‌گوید بله، بله».

چیزی که به او آموزش داده بودند؛ سر سفره عقد بگوید، بله گذشته، گذشته.

«واقعا فردا دادگاه داریم؟

باشه فردا می‌بینمتون.»

ماریا مانده بود. با خودش فک می‌کرد؛ پس چمدان اصلی هم همان روز در قطار دزدیده شده.

آخرش هم نفهمیدم چی داخل چمدان بوده که باعث شد؛ این همه مصیبت به بار بیاید.

بعد از آن اتفاق سیاه، به نوعی عاملان دستگیر شدند.

ماریا بعدها وقتی حالش بهتر شد؛ روزنامه‌های آن روز را که وقایع شوم کوپه شماره پنج تیترشان بود؛ خواند. متوجه شد آنها هم چیزی از محتویات چمدان ننوشته بودند. شرح داستان بر مبنای موضوع خانوادگی و خیانت مطرح شده بود.

صدای ضربه به در اتاق

روبین با شیطنت پشت در اتاق ماریا، قسمتی از خاطرات ماریا را می‌خواند. مامان ماریا گردآفرید؛ آن روز صبح آخرین صبح آرامش من بود.

برای آوردن آب به طرف خانه آب رفتم. ظرف آب را نبرده بودم.

صدایی: «اشکال نداره من ظرف آب اضافه‌ام دارم». برگشتم پام لیز خورد. او مرا در آغوشش گرفت. چشم در چشمش چند ثانیه شد؛ ولی تمام عمرم شد. اسمش را نمی‌دانستم؛ خب عشق از نگاه به وجود می‌آد؛ نه از اسم.

نمی‌دانم آن لحظه چرا یاد پدرم افتادم که شعری از فردوسی گران‌قدر را با خطی خوش از خطاطی هنرمند، قاب شده، آویخته بر طاقچه‌ای که دستمال گلدوزی مادرم روی آن بود؛ گذاشته بود. با ویرانی خانه، آن نیز از بین رفته را، دوباره با خط و قابی به همان زیبایی به دیوار اتاقم، به یاد پدر مهربانم نصب کردم.

سِزَد گر هر آن‌کَس که دارد خِرد   بـه کَژّی و ناراسـتـی نَنگَرد

ماریا با اینکه در آن حادثه در اثر شلیک گلوله‌ای که به دست چپش خورده بود؛ با دست راستش در اتاق را باز کرد.

در اتاق را باز کرد. روبین را در آغوش گرفت. ثمره‌ی عشق هم، کم از خود عشق نیست. من ماندم و یک پسر با کلی ثروت. چه بیهوده هستند مادیات در مقابل معنویات. ثروتم، مادرم و پدرم، سهراب و رودابه، پدر داوید بود. چه سخت است باور این‌همه داستان زندگی من، آن هم با یک دست، دست چپم در اصابت گلوله در قطار، دیگر حسی ندارد. روبین چشمش به کلاه سرمه‌ای بافته شده که جلوی آیینه بود؛ افتاد.

- مامان ماریا! می‌شه بگی این کلاه مال کیه؟ آن را برداشت؛ روی سرش امتحان کرد. کمی برایش کوچک بود. همین‌طور که نگاهش می‌کردم؛ باز او را در آغوش گرفتم. کار مادربزرگ کوکب است. گویا برای پدر داوید بافته بود. روحش شاد.

نگاه کردم. پیش خودم گفتم:

زندگی من رو چه کسی، با چه کلافی سر انداخت. چگونه بافت.

کاش می‌دانستم دست چه کسی است.

از او می‌گرفتم.

می‌شکافتم و دوباره می‌بافتم.

به‌دلخواه خود، با هرچند تا دونه و با مدلی ساده ...

همین.